KB082607

완벽한 제로 웨이스트는 아닐지라도。

줄이는
삶을
시작했습니다

글 전민진 / 사진 김잔듸

비타북스

우주에서 본 지구는
해마다 조금씩 녹색이 줄어가고 있다.
_호프 자런《랩걸》

나와 우리,
지구의 연결을 짚어주는 유용한 질문

- 지구를 걱정하는 사람이 되기까지 지난 삶의 발자취
- 이 시대에 쓰레기가 가장 큰 문제인 이유
- 환경의 심각성을 안 뒤 내게 찾아온 변화
- 모든 것이 연결된 세상에서 꼭 바뀌었으면 하는 부분
- 그래도 희망을 갖게 되는 지점이 있다면
- 개인적인 바람과 꿈

이 책에 소개된 인터뷰이에게 동일하게 던진 질문들입니다.

소비 끝에 오는 것들을 되새기며 .

강금실 (전 법무부장관, 지구와사람 대표)
—

인류세(Anthropocene) 논의는 우리가 1945년경부터 국내
총생산(GDP)과 플라스틱 생산량, 인구, 이산화탄소 배출
량, 기후의 정비례적 급성장세를 이룬 '거대한 가속(Great
Accelation)'의 시대에 살고 있다는 사실을 깨닫게 했다. 지
구가 무너질 것 같은 걱정이 앞설수록 폭주 기관차에 올라
탄 듯 막막하고 어쩌지 못하는 무력감에 빠져든다. 그렇지

만 전민진 씨는 이 책을 통해서 나를 찾아가는 일상이 지구를 구하고 인류를 구하는 지름길임을 가만가만 가르쳐준다. "해보니 별 거 아니네!" "It's not a big deal!" 공존의 삶을 찾아가는 사람들의 이야기를 들으며 위로 받고 격려도 받는다. 이제 나도 힘을 내서 줄이는 삶을 시작해야겠다.

요조 (뮤지션, 작가, 책방무사 대표)

—

'기후 우울'이라는 말이 있다. 기후위기와 환경파괴로 인해 만성적인 두려움이나 슬픔을 느끼는 상태를 말한다. 나 역시 그 말 옆에 자주 달려가 서 있는다. '과연 나 하나로 바뀔까?'라는 생각이 스스로를 괴롭히기 시작할 때마다 이제는 이 책이 든든한 방패가 되어줄 것 같다. 나는 왼손으로 이 사람들의 손을 잡았다. 오른손은 당신의 손을 잡고 싶다. 당신과 행렬이 되고 싶다.

남종영 (한겨레 기자, 생명다양성재단 운영위원)

—

우리는 한때 우리의 운명이 별에 있다고 생각했다. 지금 우리는 자기를 과신한 나머지 지구라는 별의 운명을 땅속에 처박아두고 있다. 무엇이 세계를 구원할 것 같은가? 지구를 지키는 과학자? 자본주의의 혁신가? 아니면 생활의 달인? 여기 감동적인 인물들의 오디세이가 있다. 그들에게는 한 가지 공통점이 있다. 자기만의 방향성을 가지고 삶을 주도적으로 이끌어나가는 사람들이라는 점. 이 책을 읽는다면 이게 무슨 뜻인지 금방 이해할 수 있을 것이다.

이혜진 (녹색기후기금 Green Climate Fund 기후투자심사관)

—

코로나 이후 사람들은 자연을 더 찾지만, 습관적인 소비가 오히려 본연의 자연을 더 망가뜨리는 결과를 낳기도 한다. 더미를 이룬 폐플라스틱, 미세먼지 같은 현상은 '소비주의 시대'라는 흐름에 맞춰 파도처럼 밀려든다. 그리고 인간에게 엄중히 경고한다. 우리가 먹고 소비하는 시점 전후의 연결 과정, 모든 것을 아우르는 순환 구조를 파악하면 일상에서 어떤 행동을 시작해야 하는지 알 수 있다. 여기 조금 먼저 선순환 구조를 깨닫고 움직이기 시작한 14명의 인터뷰이가 있다. 이들의 삶은 지구 시민으로 더 건강해지는 방향을 제시한다.

완벽한 제로가 아닐지라도.

어제 저녁, 편의점에 들러 라면 세 봉지를 샀다. 두 개를 사면 하나를 더 주는 행사에 혹해 고민도 하지 않고 집어 계산했다. 라면을 다 끓여 먹고 스프 봉지는 일반 쓰레기통에, 라면 봉지는 비닐 재활용통에 넣었다. 이렇게 비닐 쓰레기를 아무렇지도 않게 배출하는 나도 마트에 갈 때면 환경을 사랑하는 마음을 잔뜩 챙긴다. 이미 사용한 봉지나 천 주머니를 꼭 들고 가는 것은 물론이고, 여기에 채소나 과일을 담아 돌아오며 약간 자아도취에 빠진다.

"그래, 오늘도 줄였어."

솔직히 말하자면 나는 꽤 오랜 시간 일과 삶의 균형을 맞추는 데 무게를 두고 살았다. 그러는 동안 '왜 우리는 이렇게까지 피곤하게 살아야 하나'라는 의문을 자주 품었다.

그때 환경 학술 재단 '지구와사람'에서 일하게 되며 삶을 조금 다른 시선으로 보게 됐다. 지구가 파괴되는 이유가 인간의 이기 때문이라는 사실은 어릴 때부터 어렴풋이 배우고 들어왔지만, 이곳에서 생태 관련 학술 강의를 들으며 그 말을 실감하게 된 것이다. 인간을 최상위에 둔 세상, 무분별한 욕망이 결국 내 삶을 피곤하게 만든다는 결론에 이르자 환경이 어느새 내 일상으로 깊이 들어왔다.

나는 이 문제 때문에 요 몇 년 사이 꽤 혼란스러운 상태다. 내가 위선을 떨고 있는 건 아닌가 하는 생각 때문이다. 필요로 하는 많은 물건이 늘 포장재로 둘러싸여 있다. 이런 상황에서 제로 웨이스트 라이프는 도무지 완성할 수 없을 것만 같고, 나는 그 완벽하지 못함에 기가 눌려 시시때때로 자책한다. 《나는 쓰레기 없이 살기로 했다》의 저자 비 존슨은 1년에 아주 작은 항아리 하나를 채울 정도로만 쓰레기를 배출한다. 하지만 글쎄. 나는 완벽에 가까운 그 실천이 내 삶과 너무도 동떨어지게 느껴져서 한없이 작아지기만 했다. 그러던 어느 날 이런 생각이 들었다. '내가 완벽한 제로가 아니라고 해서 환경을 사랑하는 내 마음이 가짜일까?' '자주 실패한다고 해서 모든 걸 놓아버리는 게 과연 맞는 걸까?' 한참을 갈팡질팡 고민한 끝에 결론을 내렸다. "아니오."

"환경 운동가인가요?" "비건이세요?" "제로 웨이스트를 실천하세요?" 이 수많은 질문에 뭐하나 제대로 "네"라고 답할 수 없는 게 나란 사람이지만, 최소한 "환경에 꽤 진심입니다!"라는 말 정도는 할 수 있을 것 같다. 그 느낌을 분명히 가져가기로 결심했다. 나와 같은 사람들이 세상에 꽤 많을 거라는 생각도 든다. 자기 나름의 방법으로 채식을 하고, 에너지를 아끼고, 플라스틱을 덜 쓰는 생활을 하면서도 불완전한 실천이 부끄러워 세상 밖으로 나서지 못하는 이들. 하지만 바꿔 생각하면 완벽한 활동가 한 명보다 꾸준히 실패하고 도전하는 실천가가 많아질수록 세상은 더 완벽에 가까워지지 않을까 싶다. 어차피 지구가 처한 환경위기는 너 나 가릴 것 없이 모두가 심각성을 깨달아가고 있다. 완벽한 개인 몇몇이 이를 해결할 수 없다는 것도 분명한 사실이다. 생각이 여기까지 미치자 나는 미약하나마 이런 내 생각을 사람들에게 알리고 싶어졌다.

"우리 다 같이 덜 쓰면 미래가, 사는 게 좀 나아지지 않을까요?"

하지만 나의 지식은 짧았고 경험은 미천했다. 그나마 내가 잘할 수 있는 방법은 다양한 사람들을 만나 그들의 생각을 전하는 일이었기에 이렇게 인터뷰 형식을 빌려 글을 적어봤다. 감사하게도 많은 분들이 내 생각에 동의해줬다.

덕분에 14인의 인터뷰이를 만날 수 있었다.

그들을 만날 때 나는 그들의 활동보다 왜 지구를 걱정하는 사람이 되었는지, 그 사연을 가장 먼저 물었다. 그러면 그들이 해왔던 모든 활동은 물론 우리를 감싸고 있는 다양한 세계가 머릿속에 그려졌다. 채식주의자건 카페 주인이건, 학자건 주부건 그들이 도달한 깨달음은 놀라울 정도로 일치했다. 삶이라는 비슷한 토대 위에서 우리가 서로 연결되어 있다는 말, 모든 이들이 그 감각을 설명할 때 매번 전율했다. 심지어 나는 내 속에 항상 숨어 있던 질문, '왜 늘 마음에 여유가 없는가'에 대한 답까지 얻을 수 있었다. 서로를 비추는 거울이 '욕망'인 이 사회에서 우리가 할 수 있는 일은 더 욕망하는 것뿐이었다. 누군가와 마주했을 때 지구를 향한 진심어린 배려를 가장 먼저 읽게 된다면 나는, 우리 삶은 지금보다 더 여유로울 수 있을 것이다.

이 책, 《줄이는 삶을 시작했습니다》에는 쓰레기를 줄이는 구체적인 실천 방법보다 개개인의 삶을 담으려 애썼다. "왜 환경을 지켜야 하지?" "일회용품 줄이기, 꼭 나까지 해야 해?"라고 질문하는 사람들에게 이 이야기는 명확한 해답이 아닌 듯 느껴질 수도 있다. 그러나 나는 독자들이 이야기 속에 숨은 나와 우리, 지구의 연결을 짚어주는 큰 힌트를 발견하기를 희망한다. 그래서 일상에서 겪는 문제와 우리가 살아가는 지구의 위기가 결국 연결선에 있음을 기억해준다면 기쁠 것이다. 그러면 완벽한 제로는 아닐지라도 자연스레 모든 면에서 줄이는 '다운 웨이스트'의 삶에 가까워지리라 감히 기대해본다. 비록 느슨한 실천이라도 많은 사람들이 다운 웨이스트에 동참한다면 현대인의 고질병인 욕망과 불안 역시 조금 해소되지 않을까. '제대로 살고 싶다'며 한숨 쉬는 모든 이들에게도 이 마음이 전해지기를 바란다.

제로 웨이스트든 다운 웨이스트든 실패담이 더 많은 나에게 선뜻 이 책을 제안해준 박햇님 편집자와 파트너로 함께하며 멋진 사진을 찍어준 김잔듸 작가, 강금실 대표님을 비롯해 애초에 너무 무지했던 내가 의식을 깨고 나올 수 있도록 도와준 지구와사람 모든 분들, 원고를 읽어주고 곁에서 지지를 보내준 송명선에게 감사의 마음을 전한다. 더 많은 사람에게 알려야 한다는 일념으로 바쁜 시간을 내 소중한 이야기를 들려준 14인의 인터뷰이에게는 그들이 지나온 길에 깊은 존경과 감사의 마음을 표한다.

2021년 봄, 전민진

Contents

Chapter 01。
다시 생각하기

RETHINK

Chapter 03。
순환하기

RECYCLE

Chapter 01.

RETHINK

다시 생각하기

#1
민감한 하나에서 시작한다

아침에 일어나서 변기 물을 내리고
휴대폰을 보고 마실 물을 끓인다.
습관적으로 텔레비전을 켜고
샴푸와 린스를 사용하며 더운 물에 샤워를 한다.
그는 이 모든 것들이 당연하지 않음을
새삼 실감했다.

커피를 마시지 않는 사람 。

interviewee
공우석
(식물지리학자, 경희대 지리학과 교수)

"커피 한 잔만 타줄래?"

작은 아파트에서도 집안일로 늘
분주했던 엄마는 어떤 의식처럼 하루에 두 번 커피를 마셨
다. 한 모금 들이키고는 이제야 살 것 같다는 안도의 표정
을 지었다. 내가 가족들의 커피를 타기 시작한 건 초등학교
시절 어느 날, 달달한 믹스커피를 맛본 이후다. 아직 어려
서 안 된다고 했지만 그 맛이 너무나 궁금했고, 결국 일은
터져버렸다. 당시 대학생이던 여덟 살 터울 언니가 투명한
유리잔에 얼음을 넣은 캐러멜색 믹스 커피를 살짝 맛보여
줬다. 이후 컵에 얼음이 차랑차랑 부딪히는 소리가 나면 나
는 어김없이 "한 입만!"을 외쳤다. 커피를 타는 일은 재미
있었다. 엄마는 고전 레시피인 커피, 설탕, 프림 둘둘둘에

서 점점 커피 하나, 설탕 둘로 취향이 변했다. 언니는 세련 되게 커피 두 숟갈, 같이 살던 막내삼촌은 커피 둘에 설탕 하나를 타주면 됐다. 언젠가는 나도 커피 마시는 어른이 되어야지 꿈꾸며 정성스레 커피를 탔다.

커피 잘 마시게 생겼는데요?

결론적으로 나는 커피를 잘 마시는 어른으로 자라지 못했다. 고등학교 2학년 때 처음으로 커피 한 잔을 온전히 마신 날 호된 배앓이를 겪었기 때문이다. 이후로 다양한 커피를 마셔봤지만 꼭 탈이 났다. 경미한 경련과 함께 이틀 밤을 꼬박 지새웠던 적도 있다.

커피를 마시지 않는다는 건 사회에서 다소 귀찮거나 불편한 일을 겪을 것임을 예고하는 일이다. 2016년 기준 성인 1인당 연간 커피 소비량이 377잔인 나라, 콧대 높은 커피 체인이 앞다투어 진출한 한국에서는 더욱 그러하다. 사람들은 저마다 커피 취향이 있고 끊임없이 새로운 메뉴

가 개발되고 있다. 로스팅 방법, 커피를 내리는 방법 외에
도 커피를 내리기 전 마음가짐까지도 서로 공유하고 공감
하는 모양새다. 그러니 상대에게 묻지 않고 커피를 내주는
일은 언제, 어느 곳에서든 어색하지 않다.

"전 선생님은 커피를 잘 드실 것 같은데, 의외네요."

커피를 좋아할 것 같다는 나에 대한 흔한 오해다. 환경
학술 재단인 지구와사람 사무처에서 공우석 교수를 처음
만난 날에도 역시 이 말을 들었다. 하지만 그 뒤로 그와 나
눈 짧은 커피 이야기는 매우 인상적이었다. 커피는 마시지
않지만 으레 커피를 내려 "한 잔 드릴까요?" 하고 묻는 내
게 그는 "커피를 마시지 않는다"고 말했다. 반가운 마음에
"저도요!" 하고 답하고는 "잠을 못 주무세요?"라고 덧붙였
는데, 돌아온 답은 당시 나로서는 짐작도 못 할 종류였다.

"기후변화와 생물 다양성 때문입니다. 원래 좋아했는
데, 끊은 지 이제 30년 가까이 되어 가네요."

지구와사람이라는 이름을 가진 곳에 몸담고 있으면서
왜 커피와 기후가 관련이 있는지 전혀 알지 못했던 나는

체면을 차리느라 멋지다는 듯 "역시" 하고 대답하고 말았
다. 잠 때문에 커피를 줄였다는 이야기는 주변에서 종종
들어왔지만 '기후변화' 때문이라니.

이유는 다르지만 어쨌든 커피를 마시지 않는다는 동질
감 때문에 그 뒤로 더 자세히 그를 들여다보게 됐다. 자연
스럽고 서글서글한 눈웃음과 주름, 낡아 보이지만 멋스러
운 재킷, 목에 건 라이카 카메라. 꾸민 듯 안 꾸민 완벽한
스타일이 눈에 들어왔다. 그때부터 나는 공공연하게 "멋진
공 교수님"이라고 칭해왔다. 그가 쓴 책《왜 기후변화가
문제일까?》를 주제로 청소년 대상 강연이 열렸을 때는 중
학생 조카를 데려가 경청하기도 했다. 그를 보며 나는 언
행일치를 실현하는 삶이 얼마나 아름답고 멋진 일인지를
자주 실감한다.

아는 만큼 보인다

"나는 지리를 공부하는 사람이니까 가까운 데서부터

먼 데까지 세상을 많이 돌아다녔어요. 열악한 나라에도 가 보고 천국인가 싶을 정도로 좋은 곳에도 가봤죠. 조물주가 우주를 창조할 때는 지구가 어떤 진화 과정을 거쳤든 분명 똑같은 것을 물려받았을 텐데, 다르게 살고 있는 모습을 보면서 우리가 살고 있는 세상이 갈수록 정상에서 벗어나고 있다고 느꼈죠. 이대로 다음 세대에게 물려주는 것은 옳지 않다고 보고, 어떻게 하면 원래 모습을 되찾을 수 있을까 그런 고민을 해요."

공우석 교수는 기후변화가 식물 분포와 생물 다양성에 어떤 영향을 미쳤는지에 관심이 많은 지리학자다. 특히 우리나라에서 자생하는 나무를 중심으로 한반도의 식생사와 문화 이야기, 기후변화 이야기를 흥미롭게 풀어 나간다.

2년 전 늦봄, 공우석 교수를 필두로 지구와사람 소속 열다섯 명은 대관령으로 생태 여행을 떠났다. 그때 나는 '숲의 레이어' 이야기에 깊은 인상을 받았다. 선자령 가는 길에는 큰 나무도 있었고, 바닥에 촘촘히 자라난 풀과 무릎까지 오던 속새와 들꽃들, 허리춤과 내 키만 한 식물들

이 층위(레이어)를 이루고 있었다. 공우석 교수는 그게 바로 자연 그대로가 만든 생물 다양성이라고 했다. 반면 일부러 조성한 숲에서는 나무가 띄엄띄엄 규칙적으로 줄지어 있었다. 평소라면 아무 거리낌 없이 지났을 테지만 키 큰 나무뿐인 그 공간이 어쩐지 부자연스러웠다. '와, 이런 게 생물 다양성이구나.' 다양한 인종과 성별, 취향이 다채롭고 재미있는 지구를 이루듯 식물계도 마찬가지다. 가장

자연스러운 자연은 서로 얽힌 층위가 각자의 높이에서 묵
묵히 주어진 소명을 다하는 것이다. 공우석 교수는 최근
출간한 책《바늘잎나무 숲을 거닐며》의 서두에서 이렇게
밝히고 있다.

'세상은 아는 만큼 보인다'라는 말이 있다. 나무와 숲에
대해 알면 자연을 보는 재미가 여러 배로 늘어난다. 한
그루의 나무가 한 자리에 자리 잡기까지 긴 시간을 치열
하게 살아온 이력과 사연이 있다. 나무와 숲을 바르게
알면 지역의 역사, 생태, 문화까지 알 수 있고 자연을 사
랑하지 않을 수 없다. 생태적 감수성과 지혜를 가지고
자연을 알면 인간 삶의 질도 높아지고 우리 미래도 밝아
진다.

그래서 그는 자연에 대한 사람들의 관심을 재촉하고
자 식물과 생태 이야기를 담은 다양한 책을 집필한다. 환
경오염도 빼놓지 않는 주제다. 그는 식물을 보려고 자주

자연 속으로 떠난다. 그때마다 식생이 변화하는 모습은 공우석 교수에게 계속해서 '기후변화'라는 위기의 메시지를 던진다.

"사람들은 대부분 생물의 멸종이 나와 관계가 없다고 생각해요. 당장 닥친 미세먼지나 코로나19가 더 문제라고 생각하지요. 수많은 생물종이 사라지고 있고, 심지어 그 생물이 어떤 것인지, 지구에서 어떤 역할을 수행하는지 알지 못해요. 우리에게는 이미 사라진 생물종을 되살릴 능력이 없으니 그거야 말로 재앙인데 말이죠. 당장 내 집에 있는 반려동물이나 식물만 소중히 여길 게 아니라 문밖에 있는 생명에도 애정과 관심을 가져야 하는 이유입니다."

그래서 커피가 왜?

생물 다양성을 말할 때 빼놓지 않고 등장하는 이야기가 있다. 공우석 교수는 30여 년 전 그날도 여느 때처럼 학생들에게 그 이야기를 전하고 있었다. 인간의 이기로 열대 우림이 파괴되면서 생기는 기후와 물 순환 시스템의 교란 즉, 기후변화와 사막화, 생물 다양성의 파괴, 빈곤 문제에 대해 강의하고는 연구실로 돌아왔다. 너무 열정적이었던 나머지 피곤을 달래려 자연스럽게 컵에 믹스커피 한 봉지를 털어 넣었다. 뭔가 이상했다. 조금 전까지 자신이 했던 말과 완벽히 모순되는 행동이었다. 어느 평범한 오후에 그는 불현듯 깨달았다. 그리고 그 커피는 공우석 교수 인생에 마지막 커피가 되었다. 1970년대 후반 대학 시절부터 빈번히 카페를 찾던 그였고, 당시에는 거의 찾아볼 수 없던 사이폰 커피숍 '빈센트 반 고흐'를 제 집처럼 드나들 정도로 커피를 좋아했는데 말이다.

이쯤 되면 "커피가 왜?" 하는 질문이 떠오를 것이다. 커피는 돈이 되는 환금 작물이다. 국제커피기구(ICO) 통계에 따르면 생두는 매년 1억2천만~1억4천만 포대가 생산된다. 한 포대 기준 무게는 60kg 정도. 커피는 세계적으로 하루에 25억 잔씩 소비된다. 이 엄청난 수요를 맞추기 위해 커피가 자라는 적도 주변 열대 우림은 계속해서 커피 농장으

로 바뀌고 있다. 세계 열대림의 절반 정도가 이미 사라졌고 지금도 매년 한반도 면적 크기의 열대 우림이 사라지고 있다. 커피는 연평균 기온 15~24°C 재배지에서 자란다. 고품종 커피일수록 일교차가 큰 곳에서 자라기 때문에 재배지의 고도는 높아진다. 문제는 온난화로 기온이 상승하면 애써 일군 농장을 두고 또 다른 농장을 개발해야 하는 악순환으로 이어진다는 것이다. 우리나라 커피 애호가들은 최근 가장 높은 고도에서 생산되는 아라비카 품종을 뛰어넘어 스페셜티 커피를 즐기는 수준에 이르렀다.

"이대로라면 30년 뒤 열대 우림이 모두 사라질 것이라는 예측도 있어요. 즉, 생물의 종과 개체수가 급격히 줄어드는 거죠. 이렇게 적도가 지구의 허파 역할을 하지 못하면 평균 지표면 온도 1.5°C를 넘어 2°C가 상승할 거고, 그러면 중남미 커피 생산량은 최대 88%까지 감소할 거예요. 커피를 마실 날이 얼마 안 남았다는 얘기죠."

현생 인류가 탄생한 지 20만 년 이래, 산업혁명 이후부터 지금까지의 시간은 지구에게 그 어느 때보다 유해했다.

평균 기온 그래프의 변화폭이 이 사실을 증명한다. 기술과 문명이 발전할수록 기온은 가파르게 상승했고, 전문가들은 그래프의 기울기가 점점 더 급해질 것이라 예측한다. 2016년에 발효된 파리기후변화협약은 2050년까지 지구 온도 상승폭이 1.5°C를 넘지 않도록 합의한 국제 사회 간의 조약이다. 왜 1.5°C이냐, 지구상의 거의 모든 산호와 여름의 북극 해빙, 아마존 열대 우림과 시베리아 동토가 사라지는 것을 가까스로 막을 수 있는 온도가 딱 그만큼이기 때문이다. 한데 2020년 기준으로 지구 평균 기온은 벌써 1°C 상승했다. 한계에 다다르기까지 겨우 0.5°C밖에 남지 않았다. 기후 학자들은 총 2°C가 상승했을 때 지구 생명이 겪을 비극은 상상하고 싶지 않다며 비관한다.

기후변화학회의 일원이기도 한 공우석 교수는 그래서 할 수 있는 한 각국을 돌며 생물 다양성을 연구, 발표하고 사람들에게 귀감을 준다. 북한 생물 다양성을 위해 북한연구학회원 활동도 겸하고 있는데, 국제 회의에서 만난 북한 산림청 관계자에게 우리 풍토에 맞는 나무 심기를 제안한

적도 있다. 소나무를 지키고 우리 숲을 지키기 위해 아이와
청소년, 어른들에게 틈이 날 때마다 우리 나무가 가진 소중
한 이야기도 전한다.

"지식보다 더 중요한 것은 실천이라고 봅니다. 자기가
아는 것을 다른 사람에게 가르칠 때는 그만큼 의지와 소명
의식을 가지고 했을 텐데, 본인이 지키지 않으면 언행일치
가 아니잖아요. 나는 예외로 하고 나에게 인자함을 베풀면
세상이 안 바뀐다고 봐요. 새로운 세상으로 가기 위한 첫
걸음은 바꿀 수 있는 사람부터 변화하기 시작하는 거예요.
그런데 바꿀 수 있는 사람이 상대방에게 먼저 바뀌라고 이
래라 저래라 강요하면 부당하잖아요. 그래서 내가 먼저 아
는 만큼 한번 실천해보자, 나 먼저 바꿔보자 결심하게 됐
습니다."

결코 당연하지 않은 것들

끊은 것은 커피만이 아니다. 공우석 교수는 커피를 끊

은 그날 이후 자신의 일상을 하나하나 되짚어보기 시작했
다. 아침에 일어나서 변기 물을 내리고 휴대폰을 보고 차
마실 물을 끓인다. 습관적으로 텔레비전을 켜고 샴푸와 린
스를 사용하며 더운 물에 샤워를 한다. 그는 이 모든 것들
이 당연하지 않음을 새삼 실감했다. 그것은 인간의 편리를
위해 형성한 하나의 패턴이었고, 하나같이 에너지를 소모
하거나 오염을 일으켰다.

　공우석 교수는 두 번째로 샴푸를 끊었다. 먼지를 뒤집
어쓰며 답사를 다녀오지 않는 이상 비누도 잘 사용하지 않
는다. 출퇴근 때 사용하던 자동차는 이제 거의 몰 일이 없
고 대신 대중교통으로 다닌다. 답사 차 지방을 다닐 때도
마찬가지다. 6층 연구실을 오르내릴 때도 엘리베이터 대
신 계단을 이용한다. 2년 전 동생이 쓰던 에어컨을 받았지
만 틀어본 일이 거의 없다. 텔레비전은 딸이 초등학교 입
학하던 즈음 아내와 합의 하에 없앴다.

　"물론 능률과 효율은 떨어질 수 있죠. 대신 느리게 걸
으면 더 많이 볼 수 있고, 더 깊게 생각할 수 있어요. 몸을

많이 움직이는 게 습관이 된 덕분에 따로 운동을 하지 않아도 1989년도에 영국 유학 다녀오며 산 이 양복 재킷을 여전히 입을 수 있습니다."

식생활도 바뀌었다. 십여 년 전 고기를 안 먹는 생활을 하다가 포기한 후 최근 몇 년 사이 다시 생식을 시도하다가 현재는 가끔 해산물 정도만 먹는 페스코테리언으로 자리 잡았다. 매년 각종 유행병으로 살처분되는 애꿎은 동물과 기후변화 때문이다.

"고기 1kg을 생산하는 데 콩 20kg이 들어요. 그 한 자루면 스무 명이 먹을 수 있거든요. 그렇게 스무 명이 나눠 먹을 수 있는 걸 한 사람이 먹어버리면 어디선가 그 사료를 생산하기 위해 숲을 밀어내고 또 경작지를 만들어야 해요. 어려운 나라는 굶게 되죠. 내가 사는 동네만 생각하지 말고 세상을 길게, 더 멀리 봐야 해요."

공우석 교수는 이런 생각들을 학생들과 나눠야 한다고 생각했다. 교양 과목으로 '위기의 생태계와 미래'를, 전공 과목으로는 '환경지리'를 개설했다. 교양 과목에서는 한

학기 동안 지금까지 해왔던 세 가지 이상의 습관을 버리고
실천해 보고하는 것이 과제다. 보통 처음에는 감을 잡지
못하지만 커피와 담배, 고기 끊기, 걷기, 천 생리대 사용하
기 등 나름의 실천들을 보고한다. 무역학 전공인 한 학생
은 한 달 동안 특정 프랜차이즈 패스트푸드점을 다니면서
나오는 쓰레기의 원인과 처리 실태를 조사해 그 회사에 보
고서를 보내기도 했다.

　"저는 이런 실천을 해보는 과정이 학생들의 사회생활
에도 도움이 될 거라고 봐요. 기업이나 조직에서 관행적으
로 해왔던 잘못을 큰 부담 없이 바꾸게 할 수도 있고, 그래
야 인정받는 리더가 될 수 있다고 학생들에게 이야기합니
다. 그렇게 기업이 바뀐다면 소비자는 감동을 얻고 기업은
올바른 방향으로 살아남을 수 있잖아요."

　그는 이처럼 미래 세대가 바뀌는 것이 가장 큰 희망이
라고 여긴다. 하지만 안타깝게도 어린아이들마저 식탁 위
에 고기가 올라오지 않으면 먹지 않고, 조금만 더워도 에
어컨을 틀어달라며 아우성치는 일이 빈번하다. 공우석 교

수는 모든 개개인이 일상의 편리를 너무나 당연하게 생각
하는 것이 가장 두렵다고 말한다. 마치 궤도를 이탈하는
행성처럼. 그럼 과연 우리는 어떤 삶의 자세로 살아가야
일그러진 세상에서 희망을 가질 수 있을까.

흔적을 남기지 않는다

〈노 임팩트 맨〉이라는 영화가 있다. 뉴욕에 사는 콜린
이라는 작가이자 환경 운동가가 1년간 지구에 무해한 삶
을 살기 위해 분투하는 재기발랄한 다큐멘터리다. 아내
와 어린 딸과 사는 콜린은 냉장고와 세탁기 없이도 살아보
고 불도 거의 켜지 않는다. 음식물 쓰레기도 벌레를 이용
해 퇴비로 만드는 시도를 하고 대중교통은 물론 에스컬레
이터나 엘리베이터도 이용하지 않는다. 2010년 우리나라
에 이 영화가 개봉해 관람했을 당시, 나는 한껏 경도됐다.
그리고는 사소한 몇 가지를 시도했다. 하지만 그것마저 곧
실패했고 지구가 심각한 위기 상황에 놓였다는 것을 아는

지금도 실천은 여전히 쉽지 않다. 그래서일까. 2010년에 펴낸 어느 환경 책에서는 '인간이 지금처럼 삶을 유지하려면 지구 1.4개가 필요하다'고 적혀 있는데, 2020년 발간된 책에서는 어느새 '1.7개가 필요하다'로 바뀌었다. "우리나라 같은 라이프 스타일을 유지하려면 지구 3.3개가 필요합니다"라고 덧붙이는 그의 말은 실감조차 되지 않았다.

"코로나19를 대부분 재앙으로 생각하지만 저는 그렇

게 보지 않아요. 응당 큰 벌을 받아야 하는데, 작은 매로
벌주고 있다고 하는 게 더 맞을 것 같아요."

공 교수의 책《생태: 지구와 공생하는 사람》에 따르면
지구상에 건설된 도로의 길이는 3,600만km다. 이로 인해
지표면은 60만 개 조각으로 쪼개졌고 그 결과 $1km^2$ 이하
인 땅이 지표면의 절반 이상이 됐다. 생물이 위협을 덜 느
끼고 살 수 있는 면적 $100km^2$ 이상의 땅은 지표면 전체 중
7%에 불과하다. 그는 "커피와 코로나19가 과연 서로 관계
가 없을까요?" 하고 되물었다. 땅이 커피 경작지로 파헤쳐
지고 도시화로 잘게 쪼개지는 지금, 동물이 서식할 곳은
사라지고 있다. 바이러스가 어느 동물에게서 나왔든 그것
은 생태 파괴로 서식지를 잃은 결과인 것이다.

"그들도 원래 서식지에서 살고 싶지 않겠어요? 인간을
두려워할 텐데 무슨 볼일이 있다고 인간에게 적극적으로
덤벼들겠어요. 땅이 파편화된 가장 대표적인 예가 우리나
라예요. 산을 뚫어 도로를 만들었으니 우리야 편하게 다닐
수 있죠. 하지만 북유럽 같은 곳은 구불구불 다니기 불편

해도 최대한 자연에 피해가 가지 않게 건설해요. 이런 생태적인 감각, 지구에 최대한 흔적을 남기지 않으려는 마음이 우리에게 필요할 때입니다."

공우석 교수는 LNT의 원칙을 지키는 데 참여한다. 'Leave No Trace' 즉, '흔적을 남기지 않기'라는 의미의 앞글자를 딴 말이다. 미국 국립공원 환경 단체가 주도하는 이 운동은 장소와 상황에 관계없이 사람이 자연에 미치는 영향을 최소화하는 지침을 제시한다.

"식물을 발견하면 예쁘게 사진을 찍고 다른 사람이 찍지 못하게 잘라 없애는 사람들이 있어요. 이건 잘못된 행동이죠. 자연을 있는 그대로 보존하며 연구하는 것이 내 주된 실천입니다."

그는 오랫동안 연구자로, 도시 생활자로 살아오면서 소신을 실천했다. 누군가에게 주장하거나 강요한 적이 없는데도 유난이라며 따가운 시선을 많이 받았다. 하지만 그의 생각에는 여전히 변함이 없다. 오히려 해왔던 실천을 지켜 나가며 그것에 더해 하나하나 늘려가는 것이 목표다.

오래 전 사후 장기 기증을 신청한 것도, 어떠한 묘도 남기
지 않고 사라지자는 결심을 한 것도 마지막까지 흔적을 남
기지 않겠다는 소신이다.

"사람들이 흔적을 남기지 않으려 노력하면 굉장히 많
은 것들이 바뀔 겁니다."

어쩌면 그것이 살아 있는 한 완벽한 제로가 될 수 없는
우리가 가장 우아하게 존재할 수 있는 방식이 아닐까? 따뜻
한 물로 차를 우려 권하는 그를 보며 그런 생각이 들었다.

| 커피를 끊을 자신은 없지만 지구가 걱정된다면 |

공우석 교수는 다국적 기업의 커피 대신 아래 네 가지 커피를 대
안으로 제시한다. 혹시 커피를 끊기로 결심했다면 우리나라에서
생산되는 작두콩차도 추천한다.

유기농 커피(organic coffee)
열대 우림 안에서 화학 비료나 농약을 적게 쓰거나 사용하지 않고
소규모 친환경 농법이나 유기농으로 생산한다.

친조류 커피(bird friendly coffee)
열대 숲에 소규모로 커피나무를 심어 새들이 커피 열매를 먹고 배
설해 자연스럽게 커피나무가 퍼져나갈 수 있도록 재배한 상품이다.

열대 우림 연합 인증 커피(rainforest allianced certified coffee)
커피콩을 생산하는 과정에서 열대 우림에 미치는 부정적 영향을
최소화한다.

공정 무역 커피(fair trade coffee)
중간 유통 단계를 최소화해 생산 농민에게 이익을 보장해주면서
건강한 커피를 생산하도록 돕는다.

먹거리가 더 소중하게 빛날 때.

interviewee
이보은
(농부시장 마르쉐 상임이사)

　　　　　　　　재래시장에 장 보러 가는 것을
좋아한다. 장에는 싱싱한 먹거리와 생생한 삶의 장면이 가
득하다. 요즘은 특히 장바구니나 용기를 이용해 사올 수 있
는 게 좋아 재래시장의 가치를 재발견하는 중이다. 필요한
만큼만 살 수 있다는 점도 좋지만, 한 바퀴 돌고 나면 어쩐
지 장바구니도 가득, 국수나 호떡 같은 먹거리로 내 배도
가득 차고 만다. 지난해 11월에 열린 마르쉐 토종장에서도
지갑이 활짝 열렸다. 일반 재래시장에서는 볼 수 없는 비건
마요네즈나 각종 페스토와 호밀빵, 특이한 잼, 멧돼지 털을
닮은 돼지찰벼 같은 토종 작물이나 그것을 베이스로 만든
먹거리가 지나는 걸음을 붙잡는다.
　　정신없이 쇼핑을 하고 집에 돌아와 장바구니를 펼치니

흐뭇했다. 그런데 동시에 몰려오는 게 있다. 바로 부담감이다. 구입한 재료는 남기지 말고 최대한 다 먹자는 주의지만 평소 느끼던 감정과는 달랐다. 농부들과 셰프들 얼굴이 하나하나 떠올랐다. 정성스레 키운 채소를 공연히 시들게 하고 싶지 않았다. 대충 끼니를 때우려던 오후 계획을 변경해 팔을 걷어붙이고 요리를 시작했다. 친구도 불렀다. 조선 파를 듬뿍 넣은 파스타와 부드러운 식감이 일품인 버터헤드 상추 냉파스타, 비건 마요네즈를 곁들인 감자 샐러드 등 무려 네다섯 가지 요리를 완성했다. 남은 파를 보관하는 이틀 동안은 냉장고 채소 칸에서 아우성치는 소리가 들리는 것 같아 얼른 꺼내서 파 겉절이를 담갔다.

"우리가 뭐든 쉽게 버릴 수 있는 건 만든 사람의 얼굴을 모르기 때문이에요." 이보은 이사는 말했다. 마르쉐를 방문한 이후 내가 느꼈던 감정들을 이야기했더니 실제로 많은 사람들이 유사한 이야기를 전한다고 했다. 작물을 정성스레 키우고, 자신만의 레시피로 요리한 사람의 진심과 잠시라도 연결되었던 경험은 그만큼 강렬하다는 뜻일 테다.

하지만 우리는 대부분 우리가 먹는 음식이 정확히 어디에서 왔는지 알지 못한다. 막연하게 알 수 있거나 상상할 수 있는 것은 생산 지역과 국가 정도다. 그 큰 범주 안에 사람이 있다는 것은 자주 잊히며, 농부의 손보다는 기계를 먼저 떠올린다. 아무리 정성들여 만든 음식이라도 배달 애플리케이션을 통해 거래가 이루어지는 순간, 재료가 자란 시간과 만든 사람의 진심 같은 것은 쉽게 지워지고 만다. 추위를 뚫고 장을 봐서 제철 미나리로 전을 부쳤다는 누군가의 진심을 직접 듣지 못한다면, 고기가 밥상 위의 주인공인 이 시대에 미나리전 같은 시시한 요리는 금세 뒷전으로 밀리고 말 것이다. 이렇듯 연결의 부재는 먹거리를 소중히 여기는 마음까지 없앤다.

진짜 웃을 수 있는 자유로운 공간

처음 마르쉐를 알게 된 건 우연이었다. 대학로를 지나다 발견하고는 한참 신나서 둘러봤던 기억이 있다. 장보다는 축제가 열렸다고 생각했다. 해외의 파머스 마켓처럼 농작물이 날 것 그대로의 예쁨을 뽐내며 층층이 쌓여 있었고, 자연 재질로 꾸민 판매대는 판매자와 셰프 각각의 개성을 살려 더 다채로웠다. 파랑과 노랑의 긴 천을 교차해 이룬 마르쉐 체크는 높은 가을 하늘을 가로지르고 있었다. 사람들은 하나같이 즐거워 보였다.

"사람들이 궁금해해요. 왜 마르쉐에 오면 다들 웃고 있지? 왜 더 자유로운 표현을 하지? 사람들마다 선한 의지와 악한 의지가 모두 있잖아요. 그런데 저는 선한 의지를 발현할 수 있는 분위기를 만드는 게 중요하다고 봐요. 누구나 즐겁게 참여할 수 있는 시스템이요."

마르쉐에는 숱한 이야기가 있다. 판매자가 된 사연, 우연히 들렀다 농부나 셰프, 수공예가가 된 사연, 그리고 그들이 서로 만나 시너지를 일으킨 사연. 마르쉐에 붙은 '대화하는 농부시장'이라는 부제에 대해 물었더니 이보은 이사는 말했다.

"너무나 다른 우리가 단 하나 공통점으로 찾은 것이 대

화였어요. 브랜딩이라는 틀 아래 모두가 맞추는 건 아니라는 생각이 들었어요. 오죽하면 프랑스어로 '장터(마르쉐)'라고 이름을 붙였겠어요."

하지만 그 열린 선택이 가져온 결과는 근사하다. 이곳에서는 생산하는 농부가 직접 판매자가 됐고, 셰프들은 농부와 협업해 요리를 만들어 선보였다. 육아로 경력 단절을 앞둔 디자이너는 마르쉐의 요리사와 농부를 위한 패브릭 제품을 만들다 워크웨어 브랜드 '지향사'를 론칭했다. 조금 다른 방식으로 커리어를 되찾은 것이다. 홍성의 귀촌 여성 농부들과 함께 시장에 온 밤 농부에게는 디자인 학교 학생을 연결해줬다. 묵묵히 산속에서 밤농사만 열심히 짓는 아저씨의 하루를 꼬박 지켜본 학생은 더도 말고 덜도 말고 '밤아저씨'라고 이름 붙여 로고를 디자인했다. 찰떡같이 어울리는 이름과 너무나 맛있는 밤 때문에 그는 마르쉐의 팬이라면 누구나 다 아는 농부가 됐다.

누군가는 마르쉐를 통해 새로운 직업을 만들었다. 패션을 전공하고 광고업계에서 오래 일한 하미현 씨는 하던 일을 접고 마르쉐에서 요리사의 삶을 시작했다. 그러다 마르쉐 농부들과 화학 작용이 일어났다. 그는 전국의 농부들을 찾아다니며 뭔가를 기르고 생산하던 사람들이 지어 먹던 음식을 듣고 기록해 이야기로 옮기는 작업을 하고 있다. '입말음식'이라는 브랜드를 만들어 스스로를 '입말음식가'라 칭한다. '지새우고'는 시장에 놀러왔다가 다양한 작물을 보며 시골에서 농사짓는 할아버지 할머니를 떠올렸다. 그리고 그분들이 키우는 콩, 팥, 녹두, 깨로 각종 잼을 만들었다. 시식할 때 자꾸만 일회용품을 쓰는 게 걸려 스푼을 대신할 용도로 크래커 스틱을 만들었다. 소비자들의 반응은 제법 뜨거웠다. 대량 생산 제안도 받았지만 그녀들은 손맛을 대체할 제법을 찾지 못해 힘든 수작업을 지속했다. 이들은 "돈을 버는 일은 선택하지 않았지만 적게 쓰고 조금 더 잘 사는 방법을 많이 터득해가고 있다"고 말했다.

　마르쉐에서는 이렇게 고유한 자아와 생산품을 대하는 태도, 추구하는 삶의 방향이 그대로 자신의 브랜드로 귀결됐다.

더 나은 세상을 위해 씨름하다

마르쉐는 어떻게 시작됐을까. 그 시작은 다름 아닌 '삶'
이었다. 이보은 이사는 직업을 선택해야 할 시점부터 늘 삶
을 먼저 고민했다. 대학 졸업 후 재야 단체에서 잠시 일하
기도 했지만 누군가 죽고 다쳐가며 고통스럽게 세상을 변
화시키기보다 삶이 즐거운 방식으로 좋은 변화를 이끌어
내고 싶었다.

생활협동조합에 입사한 것은 그 첫걸음이었다. 그곳에
서 유기농과 먹거리의 중요성을 배웠다. 1999년에는 일본
의 '도쿄클럽생협'으로 6개월간 직원 연수를 가게 됐다. 일
본의 생활클럽생협은 1960년대 급속한 발전과 도시화의
어두운 그림자 속에서 대안을 찾기 위해 생겨난 협동조합
이다. 당시 일본 생협은 지역 경제 활동의 대안으로 로컬
푸드를 공동 소비하고 플라스틱 포장을 줄이는 등 생태적
인 소비 시스템을 구축하고 있었다. 이보은 이사가 연수를
간 시기에는 유전자 변형 농산물(GMO) 콩에 반대하는 활
동이 한창이었으며, 시중에는 가공식품의 유해성을 낱낱이

파헤친 《사서는 안 된다(買ってはいけない)》(국내 미출간)
라는 책이 절찬리 판매 중이었다.

"이들의 얘기를 자세히 들어보니 자꾸 '도리쿠무(取り
組む)'라는 말을 쓰더라고요. 찾아보니 '싸우다, 씨름하다'
라는 뜻이었어요. 맨날 콩하고 씨름하고, 우유랑도 씨름하
고, GMO를 없애기 위해 씨름하고… 그래서 물었죠. 너네
는 지금 물건을 소비하는 게 아니라 씨름하고 있는 거였구
나? 그때 알았어요. 소비가 단순히 내가 먹고 사는 문제가
아니라 세상을 바꾸는 일일 수 있겠다, 그리고 내가 어떤
물건을 사느냐, 어떻게 살아가느냐가 결국 어떤 마을과 어
떤 세상을 만들지를 결정할 수 있겠구나 하고요."

이보은 이사는 때마침 아주 멋진 여성의 존재를 알게
된다. 본인을 에코 페미니스트로 규정한 인도의 환경 운동
가 반다나 시바가 일본에 막 소개된 것이다. 에코 페미니즘
이라는 개념에 강하게 이끌린 그는 한국에 돌아와 이제 막
생겨난 포털 검색창에 다음 두 키워드를 적어 넣었다. '환
경' 그리고 '여성'. 그러자 포털은 '여성환경연대'라는 결과

를 보여줬다. 여성환경연대는 새천년을 앞둔 1999년, 국제
적으로 떠오른 여성 권익 향상과 지속 가능한 환경 어젠다
속에서 탄생했다. 이보은 이사는 곧바로 그곳 문을 두드렸
고 2000년부터 회원 활동을 시작했다. 이후 몇 년간 자원
활동을 이어가다가 2005년부터 상근을 시작했고, 2008년
부터는 사무처장을 맡기도 했다.

"사무처장이 되고 나서 3년간 대부분의 시간을 길바닥
에서 보냈어요. 2008년에 들어서서 사대강 사업 이슈가 있
었잖아요. 처음에는 그게 무엇인지 막연하고 어리둥절했
는데, 여기저기 현장을 다니다 보니 알겠더라고요. 그대로
도 너무 아름다운 자연이 있는데 그것들을 무참히 파헤치
겠다는 계획인 거예요. 새벽에 안동 내성천에 갔는데 새 발
자국, 너구리 발자국이 찍혀 있었거든요. 사람이 오지 않는
그 새벽의 강은 다 짐승들이 물 먹으러 오는 곳이었어요.
'강이 사람 것이 아니네' 하는 생각이 자연스레 들었죠. 왜
사람들은 이렇게 생명이 있는 곳을 파헤치면서까지 경제
와 일자리에 열광할까? 의문이 들었어요."

그때 이보은 이사가 절실히 깨달은 것은 분절이었다. 이 자연, 이 강물과 내가 이어져 있다는 감각이 사라지고 있다. 정수기 물과 페트병 생수는 강물이 곧 수돗물이 된다는 것, 내가 마시는 물이 된다는 사실을 망각하게 한다.

"요리 프로그램에서 생수병에 담긴 물로 요리하는 모습을 보여주는 게 저는 좀 불편해요. 물론 물 계량을 쉽게 하는 목적으로 사용할 수도 있지만, 대단히 상업적인 데다 우리가 마실 수 있는 물은 그뿐이라고 말하는 것 같거든요."

그래서 그는 'with a cup' 캠페인을 진행했다. 각계각층 인사들의 참여를 도모해 '즐겁고 자연스럽게 내 컵으로 마시자'는 메시지를 던졌다. 일회용 컵을 줄이자는 직접적인 말보다 자신의 컵으로 마시는 행위가 더 멋진 일이라는 이미지를 전달해 많은 사람들에게 주목받았다. 여기서 그는 심각한 문제도 가볍고 자연스럽게, 무엇보다 재미있게 접근하고 해결해 나갈 수 있다는 자신감을 얻었다.

창조적인 삶, 다채로운 맛

문래도시텃밭은 즐거운 삶을 일구고 싶던 그가 제안한
또 다른 프로젝트다. 이전 캠페인에 이어 다른 프로젝트도
후원하겠다고 나선 이들 덕분에 그는 평소 해보고 싶던 프
로젝트를 시도할 수 있었다. 2011년, 막 예술 창작촌이 들
어서던 문래동의 한 옥상을 사람들과 함께 텃밭으로 꾸몄
다. 텃밭 자체를 만드는 과정은 힘들었지만 스스로만이 아
니라 모두가 그 어느 때보다 행복한 미소를 짓고 있다는 점
이 좋았다. 작물이 자라는 공간의 시간은 분명 달랐고, 사
람들은 자기 삶의 속도를 찾아가는 듯했다. 그들은 텃밭으
로 일종의 산책을 나온 것처럼 보였다. 직업의 시작 단계에
서부터 삶을 중요시했던 이보은 이사에게 그 모습은 오래
이어가고 싶은, 이어가야만 하는 작업이었다.

그가 새로 꾸기 시작한 이 꿈은 2012년 뜻을 같이하던
사람들과 함께 농부시장 마르쉐를 열며 발현됐다. 겨울이
면 옥상 텃밭은 물론 도시 텃밭에서도 작물이 나지 않았
기에 도시를 떠나 귀촌한 소규모 농부들을 초대하기 시작

했다. 발 벗고 나서준 농부들 덕에 고맙게도 마르쉐는 점점 소규모 농부들이 삶을 이어가기 위한 플랫폼으로 자리잡기 시작했다. 마르쉐는 농부와 요리사도 적극적으로 연결했다. 요리사와 농부를 연결해 새로운 요리를 만드는 프로그램은 마르쉐에서 시작됐는데, 그곳에서만큼은 채소가 '채소 나부랭이'가 아닌 메인 디쉬에 오를 훌륭한 재료로 주목받았다. 전에 없던 창의성이 여기저기에서 뿜어 나왔다.

"처음 시작하고 1, 2년은 너무 재밌어서 완전히 몰두했어요. 다들 장터가 아니라 학교 같다는 데 동의했어요. 배우는 게 정말 많았거든요."

베짱이농부, 농부가 된 사진가, 준혁이네 같은 농부들이 키운 루콜라의 맛은 저마다 달랐다. 농부마다, 공법마다, 땅의 조건마다 다른 모습을 보여주는 작물을 발견할 때마다 경이를 체험했다. 농부와 요리사는 점점 서로를 자극하며 시너지를 냈다. 셰프는 농부의 토종 작물로 새로운 음식을 만들었고, 농부는 셰프가 원하는 작물 재배에 새롭게 도전하며 서로의 자립에 기여했다. 이들은 거대 시스템을 벗어나 누구보다 열심히 배우며 자연과 건강하게 도생했다.
그에 걸맞은 농법과 레시피를 터득해 나아갔다.

토종 씨앗을 지키는 마르쉐

마르쉐는 시작부터 먹을 것이 다 씨앗에서 온다는 생각
을 기본으로 씨앗장과 토종장을 열어왔다. 토종 씨앗으로
기른 곡물과 채소를 판매하고 음식으로도 맛볼 수 있다.

기후위기가 도래하면 할수록 닥치는 건 식량의 위기다.
이상 기온으로 기존에 심던 작물이 잘 자라지 않는 현상이
곳곳에서 일어날 테니 말이다. 종 다양성은 그래서 중요하
다. 인공 지능 스마트팜 같은 대규모 시설 재배에 맞춰 기
획된 씨앗, 각종 기계와 화학 제품에 의존하는 농법만으로
는 이 기후위기 시대를 헤쳐 갈 수 없다. 우리나라 역시 우
리 땅에 맞는 토종 씨앗을 확보하지 않으면 안 된다. 이런
문제의식을 바탕으로 한 마르쉐 토종장은 종래에 보지 못
했던 다양한 우리 작물들을 지켜가려 한다. 100년 전까지

만 해도 우리나라에는 1,400여 종이 넘는 벼가 존재했다.
많은 벼들이 사라지고 살아남은 450품종은 농촌진흥청 농
업유전자원센터에 잠들어 있다. 관심 갖는 농부들이 늘고
있지만 대중화까지는 아직도 갈 길이 멀다.

"살아남은 종자는 다 그 이유가 있다고 생각해요. 처음
시장을 열었을 때 아무도 토종의 맛을 몰랐어요. 그런데 점
점 농부님들과 이야기하고 요리하고 맛보며 이 다양한 토
종 씨앗 작물들이 왜 가치 있는지를 알게 됐어요."

농부들에게 요리사와의 연결은 토종 씨앗을 지키는 힘
이 되었다. 씨앗이 다양한 만큼 다채로운 맛을 하나하나 경
험하며 이를 요리로 재탄생시킬 사람들이 있었기 때문이
다. 씨앗을 스스로 채종하고 이어가는 농부들은 점점 늘어
났다. 마르쉐 농가 중 하나인 우보농장은 경작하는 토종 법
씨를 하나둘 늘려 최근에는 250여 종이 넘는 토종 벼를 기
르고 있다. 더불어 농장에서는 콩 껍질 등이 텄다고 이름
붙은 푸른등튀기콩, 선비가 쥐었다 놨다 하면서 등에 먹물
이 묻었다는 선비잡이콩 등 수십 종의 토종 콩과 팥을 재배

한다. 철새가 도래하는 습지를 지키기 위해 토종 씨앗을 받아 유기농 논농사를 짓기 시작한 주남저수지농장 같은 곳도 있다. 토종 작물뿐 아니라 우리 천연 기념물을 동시에 지키겠다는 노력이다.

이밖에도 토종장에서는 뿌리가 인상적인 조선배추, 껍질과 속이 감자처럼 하얀 백고구마 등 시중에서는 전혀 볼 수 없는 작물을 만날 수 있다. 사람들은 저마다 준비해온 장바구니에 날 것 그대로의 작물을 담고, 상처가 난 것에도 개의치 않는다. 사람들은 마르쉐를, 그곳에 온 농부와 요리사를 깊이 신뢰한다.

"이번 여름이 지나고 정말 분명해진 것 같아요. 사과 농부님 한 분이랑 이야기를 나눴어요. 기후위기로 긴 장마가 이어지면서 사과 농사가 잘 안 됐거든요. 그런데 그 분은 그렇게 피해가 크지 않았대요. 화학 비료를 많이 쓴 농장들은 나무뿌리가 약해져 병충해가 들었지만, 본인 농장은 그렇지 않았다는 거예요. 자연농법을 10년 동안 적용했던 농부는 더 드라마틱한데, 농사지은 이래 가장 수확이 좋았대

요. 거름 없이, 기계로 땅을 뒤집지도 않고 농사를 지어 땅
이 스스로 회복된 거죠. 기후위기가 이렇게 심각해진다면
씨앗의 위기, 농부의 위기를 넘어 인간 존재의 위기로 갈
텐데, 마르쉐가 그간 붙잡고 온 생각과 활동이 틀리지 않았
다는 확신이 들었어요. 이런 농부들이 살아남도록 돕는 게
정말 중요하구나 싶더라고요. 누군가는 일반 시장에서는
도저히 판매할 수 없는 채소가 이곳에서는 환대를 받아서
신기하다고 했지만, 규격화될 수 없는 다채로운 채소들이
계속 존재할 수 있는 장이 되고 싶어요. 작은 농법이나 농
사를 지속 가능하게 하는 그런 시장이 되고 싶다는 생각이
올여름 강하게 들었어요."

유인양품이라서

한번은 이런 일도 있었단다. 한 소비자가 '농부가 된 사
진가'에게 근대를 샀다. 거기서 나온 달팽이를 버리거나 죽
이지 않고 본인이 먹으려고 산 근대를 계속 먹으며 키웠다.

그리고 한 달 뒤 열린 장에 들러 농부에게 달팽이를 다시
데려다줬다. 달팽이가 원래 살던 곳으로 되돌려 보내기 위
해서였다. 키운 사람이 곧 판매자인 마르쉐이기 때문에 가
능한 일이다. 이처럼 생산자와 연결되면 그가 키운 먹거리
는 물론 그가 속한 자연 환경까지 소중해진다.

　"로컬 푸드가 중요한 이유는 유인양품(有印良品)이기
때문이에요. 일본의 브랜드 무인양품(無印良品)도 일종의
생태적인 자각에서 시작한 것이지만 양품은 어디에나 있
을 수 있죠. 하지만 좋은 사람, 좋은 물건이 둘 다 존재하기
는 어려워요. 그게 바로 유인(有印) 즉, 생산자와의 관계가
존재하는 로컬 푸드에요."

　먹거리가 생산된 순간부터 식탁에 오르기까지 그 거리
가 짧으면 환경에 주는 타격이 덜하다. 보관을 늘리는 화학
약품을 사용하지 않아 건강에도 이롭다. 그는 생산자와 직
접 대면해 물건을 사고 재료의 이력을 알아가는 행위가 삶
을 더 풍요롭게 한다고 믿고 있다. 때문에 재래시장 이용도
무척 중요하다고 강조한다. 시장을 가기만 해도 제철 재료

의 맛을 충분히 누릴 수 있으니 말이다. 다만 세대가 변하는 만큼 전통시장 역시 젊은 세대의 생각이나 시도를 받아들이는 등 변화를 맞을 시점이라고 덧붙였다.

"마르쉐는 세상을 바꾸겠다는 움직임도 아니고, 그냥 한걸음 정도라고 생각해요. 기대와 설렘을 갖고 시도하는 딱 한걸음. 저는 이런 움직임이 도처에서 일어나고, 계속되었으면 좋겠어요."

귀하게 여기는 마음은 사람과 사람, 사람과 자연이 마주하며 교감할 때 생겨난다. 그 비밀을 알고 있는 마르쉐는 도시 여기저기에 장터라는 초록 나무를 심는다. 자연 속에 사는 사람과 도시인의 만남이 더 자주 이루어질 때, 삭막한 도시에 따뜻한 빛이 비출 것이라 믿기 때문이다. 그 빛으로 기획자와 농부, 요리사, 수공예가, 도시 생활자들은 또 다른 아름다운 삶으로 그을릴 수 있다. 시장이라는 좋은 삶터를 넘어 좋은 일터를 꿈꾸는 이보은 이사가 계속해서 마르쉐를 보듬고 이어가는 이유다.

쓰레기 없는 장을 위해 마르쉐가 택한 방법

마르쉐는 우선 예쁘다. 자연스러운 장터 꾸밈도 그렇지만 2012년 시작부터 일회용 쓰레기 없는 시장을 지향해온 덕분이다. 2019년 에는 환경 가이드를 발행해 시스템을 더 탄탄하게 만들었다. 그 노하우를 엿보고, 우리 동네에서도 쓰레기 없는 로컬 푸드 장을 만들어보자.

1. 마르쉐 체크
로고를 만들어 사인물을 이것저것 만들어 인쇄하기보다 언제나 재사용 가능한 파랑과 노랑의 긴 천을 교차해 마르쉐를 드러낸다.

2. 마르쉐 키트
키트는 플라스틱이 아닌 자연 재질을 이용해 만들었다. 사고팔고 조리하고 먹는 야외 장터 분위기에 맞게 최적으로 디자인했다. 특히 조리하는 불자리와 먹은 그릇을 세척하는 물자리, 빌려 쓰는 그릇 운영 시스템을 통해 일회용 사용을 처음부터 제한했다.

3. 직접 쓰는 게시판
성수, 합정, 대학로 등 한 달에 여러 번 여기저기서 열리는 마르쉐 는 그날그날의 안내를 칠판에 세심히 적는다. 아기자기한 매력은 물론 다정다감함까지 느낄 수 있다.

4. 다시 쓰는 종이 가방

재사용 가능한 종이 가방을 시장 안에서 다시 사용할 수 있도록 캠페인을 진행한다. 여름철에는 아이스팩을 모아 필요한 팀에 전하고, 참여 팀들에게도 가급적 낱개 포장을 하지 않도록 부탁한다.

5. 장바구니와 개인 용기

마르쉐는 장을 열기 전 장바구니와 텀블러, 반찬통 등을 챙겨올 것을 권한다. 10여 년이 지난 지금, 방문자들은 무조건 장바구니를 챙겨온다. 장바구니 할인을 해주거나 하나를 덤으로 주는 판매자도 종종 만날 수 있다.

#2

버려진 물건의 생사를 생각한다

지구는, 그리고 바다는 어머니와 같은 존재다.
생태 신학자 토마스 베리의 말처럼
인류(Mankind)는 이 공동의 집을 동일한 의무로
맑고 안온하게 지켜낼 필요가 있다.

쓰레기 박멸, 그 대모험의 서막。

interviewee
곽재원
(트래쉬버스러즈 대표, 축제 기획자)

2006년 여름은 아직도 생생하다. 친구가 인천 송도라는 곳에서 무슨 록페스티벌 스태프를 하게 되었다며 3일권 티켓 두 장을 건넸다. 록페스티벌이 어떤 것인지 전혀 몰랐지만, 언뜻 찾아봐도 국내외를 뒤흔드는 엄청난 아티스트들이 등장한다는 사실을 알 수 있었다. "진짜 이 사람들이 다 온다고?" 반신반의하면서도 마침 휴학을 했던 때라 놀 기회만 찾던 나는 그때 막 친해지기 시작한 여섯 살 터울 언니를 꾀어 제1회 펜타포트 록페스티벌 현장으로 향했다. 뭘 준비해야 하는지, 무슨 일이 벌어질지 전혀 모르는 채였다. 그런데 친구에게 장화가 있으면 좋을 것 같다는 영문 모를 전화가 왔다. "샌들 신었는데?"라고 답했는데, "음, 일단 와 봐"라고 했다.

티켓을 3일권 팔찌로 바꾸고 공식적으로 놀 자격을 얻은 우리는 신나게 입장했는데, 발을 딛는 순간 알았다. 장화가 필요하다! 비는 그칠 줄 몰랐고 발은 점점 깊이 빠져서 걸음을 떼기가 어려웠다. 공연장은 그 와중에도 먹고 마시겠다는 사람들이 버린 쓰레기와 진흙으로 점점 난장판이 되어갔다. 어느 하나 깨끗한 몰골을 한 사람이 없었다. 지금 생각해보면 그 장면이 '축제는 그야말로 쓰레기더미의 난장판'이라는 것을 보여주는 의미심장한 메타포는 아니었나 하는 헛소리를 잠시 해본다. 당연히 그때는 알지 못했지만.

당시 나는 술을 마시다 늦은 새벽에 귀가할 때면 누군가가 쓰레기 치우는 장면을 바라보며 묘한 대조를 느꼈다. 홍대 주차장 골목은 새벽이면 어김없이 쓰레기 수거차가 나타나 여기저기 쌓인 쓰레기봉지를 실어 사라지곤 했는데, 그것들이 어디로 가는지 크게 관심은 없었지만 왠지 모르게 늘 마음 한곳이 불편했다. 그러나 축제에서는 달랐다. 늘 신나게 논 뒤 화려하게 떠났다. 마지막에 남아 치우는

것은 내가 아니었고 내가 버린 것은 금세 사라졌다. 오히려
내년에 또 오라며 피날레로 불꽃을 터뜨려주는 센스에 마
음이 다시 한 번 들떴다. 더 열정적으로 놀라며 독려하는
해외 뮤지션들의 칭찬은 어떠한가. 나는 그 진흙투성이에
서도 "그래, 바로 이거야" 하고 생각했다. 실제로 이게 미친
듯 재미있다고 생각한 게 나만은 아니었던 모양이다. 고난
이 있어 더 즐거웠던 그 3일은 페스티벌 시장의 많은 부분
을 변화시켰다.

축제 뒤에 선 기획자의 본능

　나는 그 이후 몇 해 동안 여름마다 록페스티벌로 달려
가서 쓰레기 발생에 일조했다. 노는 데 목말랐던 성인들은
이 새로운 문화에 빠져들었고, 열광적인 한국 관객에게 매
료된 해외 뮤지션들은 더 자주 한국을 찾았다. 음악 페스티
벌은 매해 늘었고 점점 화려해졌다. 푸드 트럭 역시 종류가
다양해졌고 음식은 당연히 일회용 용기에 담겼다. 기업들

은 홍보를 위해 예쁜 쓰레기들을 두 손 가득 들려줬다. 축
제가 돈이 된다는 걸 알아차린 상인들은 입구에서 우비와
야광봉 같은 것들을 팔았다. 나는 기꺼이 쓰고 먹고 마셨
다. 참여한 모두가 그렇게 놀았다. 한동안 가지 않아서 잊
고 지냈다. 그런데 트래쉬버스터즈를 알고 난 뒤 내가 겪
은, 내가 행한 축제의 기억을 다르게 적었다.

　축제 쓰레기 잡는 사람들, 트래쉬버스터즈를 처음 알게
된 건 지난봄이다. 세상 모든 것이 쓰레기로 보이기 시작했
지만 또다시 소비하는 굴레를 반복하며 최고조로 무력감
을 느끼던 때였다. 내가 속한 환경 모임에서는 자꾸만 끝을
논했다. 무언가 액션을 취해야 한다고 생각하며 친구와 관
련 비즈니스 아이템을 검색하다가 오랫동안 축제 기획자
로 일했던 곽재원 대표의 인터뷰를 발견했다. 모르긴 몰라
도 그동안 내 축제 쓰레기를 치워준 사람이 이 사람이 아니
었을까. 축제 쓰레기를 모조리 없애겠다고 나선 이 사람만
은 무슨 일이 있어도 꼭 만나야겠다 생각했다.

　'트래쉬버스터즈'라는 이름만으로도 감이 왔다. 이는

1984년 첫 개봉해 열풍을 이끈 시리즈 영화〈고스트버스터즈〉를 오마주한 이름이다. 도시를 삼키는 유령이나 지구를 삼키는 쓰레기나 매한가지로 두려운 대상이다. 이를 잡는 영웅은 반드시 필요한 법. 그들이 바로 그 영웅이 될 수 있을 것 같았다.

"축제가 끝나면 늘 쓰레기 사진을 찍었어요. 나중에 알고 보니 제가 그랬더라고요. 마무리 사진을 찍어서 공무원들에게 보고해야 했는데, 그 마무리라는 게 결국 쓰레기를 정리하는 일이니까요."

'그는 점점 화려해지는 축제 가운데 쓰레기가 잔뜩 쌓이는 것에 진절머리가 나서 용기 대여와 세척 사업을 시작했으며 평소에도 환경 문제에 관심이 많았다.' 솔직히 처음에는 이런 스토리 전개를 기대했다. 그런데 그는 예상 밖의 대답을 했다. 첫 질문을 위해 환경에 대한 나의 관심을 피력했는데 "사실 저희의 시작은 좀 달랐어요"라고 해서 살짝 당황했다.

"환경에 대한 관심은 크게 없었습니다. 원래 연극 연출

을 전공했고 극단을 운영하다가 축제 기획자로 넘어가서
10년을 일했어요. 서울시 산하 기관인 남산골한옥마을 총
괄을 맡았었고 그곳 행사는 다 기획했어요. 연간 150만 명
이 다녀갔죠. 우리 팀에서만 1년에 200개 정도의 행사를
치렀어요. 워크숍과 전시, 큰 전통 행사까지 세시 절기별로
다 했죠. 매번 푸드 트럭도 섭외했으니 쓰레기가 어마어마
했어요. 당연히 그 쓰레기는 관객들에게 보이지 않게 모았
고요."

　"그래서 충격받았군요. 그죠?" 하는 마음으로 답을 기
다렸지만 "물론 치우는 게 힘들었으니까 쓰레기가 싫기는
했죠. 하지만 쓰레기는 그냥 쓰레기였어요. 저도 막 쓰고
버렸고, 일회용품 없이는 행사 진행이 안 되니까 불가피했
죠"라고 대답했다. 그러던 2019년 1월 첫째 주, 서울시에서
가이드라인이 내려왔다. 관내에 일회용품은 반입할 수 없
었고 서울시 주관 축제에서는 일회용품을 쓰지 않도록 권
고했다.

　"권고라면 사실 하라는 얘기잖아요? 아무런 솔루션이

없는데 어떻게 하라는 건가요? 한마디로 어이없었죠."

하지만 그는 잔뼈가 굵은 기획자였다. 별의별 상황과 사고가 다 일어나는 축제와 행사판에서 강산이 변할 만큼의 시간을 버텼고 뭐든 무탈하게 해내왔다. '문제가 생기면 해결한다'는 것은 축제 기획자로서 자연스레 내재한 그의 본능이었다.

별 것 아닌 일

문제는 관객들의 입장이다. 축제 진행 자체도 힘들지만 일회용품 없는 행사에서 관객들이 이제껏 그래왔던 것처럼 뭔가를 즐기기란 쉽지 않다. 곽재원 대표는 솔루션이 무엇인지를 단박에 알았고 성공적인 비즈니스가 될 것이라 확신했다. 때마침 서울시 축제 감독을 향해 가는 길, 그리고 그 위치에서 그럭저럭 인정받다가 생을 마감하는 일이 과연 자신에게 맞는지도 고민하던 시기였다. 예술가, 디자이너, 건축가 등 일하면서 만난 동료들과 지속 가능한 마을을 만들자는 꿈도 더불어 꾸고 있었다. 하지만 무엇을 하든 돈은 필요했다. 그러던 중에 눈에 띈 것이 '청년 임팩트투자' 사업이었다. 서울시의 얽히고설킨 문제를 해결하는 스타트업에 2년간 10억을 지원한다는 조건이었다. 그림이 그려졌다. 이 영민한 기획자는 적합한 사람들을 재빠르게 구성해 기획서를 쓰고 시스템을 구축했다. 자신이 개인적으로 운영하는 서울 인기 페스티벌 행사 때 베타 서비스도 해보았다. 결과는 놀라웠다.

"3,500명 규모 행사인데 축제를 할 때마다 100ℓ 쓰레기 봉지가 300~400개가량 나왔어요. 그런데 저희 모델을 적용하고는 단 6개 나왔습니다."

이용자의 반응은 더 놀라웠다. SNS에는 이 서비스에 대한 유저들의 피드백이 계속해서 올라왔다. "본격적으로 '하자' 하니 되는 거였네!" "해보니 별 거 아니네!" 곽재원 대표는 성공을 직감했다. 그리고 슬로건도 정했다. 'It's not a big deal.' 말 그대로 별 것 아니었다. 다회용기를 대여하고, 쓰고, 세척하면 되는 간단한 솔루션. 물론 당시에는 베

타 시점이라 3,500인분의 설거지를 동업자들과 2주 내내
해야 했다. 어쨌든 그들은 2019년 9월, 청년 임팩트투자 사
업에서 높은 경쟁률을 뚫고 유일하게 뽑힌 스타트업 회사
가 됐다. 최종적으로는 7억 원 정도를 지원받았고 비즈니
스에 집중하기 위해 동업자들 모두 11월까지 각자의 사업
자를 정리했다. 그래픽 디자이너, 업사이클링 작가, 커뮤니
티 아트 아티스트 등 5인은 창립 멤버다. 브랜딩부터 축제
에 최적화된 용기 디자인, 1시간에 4,000개 세척이 가능한
시스템 마련, 누구나 편리하게 쓸 수 있는 대여품 결제와
환급 시스템 마련이 일사천리로 진행됐다. 그렇게 단 두 달
만인 2020년 1월 31일에 쇼케이스를 진행했다. 다음 날 이
들의 이야기가 기사화되자마자 전화통에는 불이 났다. 전
국 거의 모든 유명 페스티벌에서 걸려온 예약 전화와 프랜
차이즈 문의가 몰렸다. 어떤 이는 찾아와서 당장 계약하자
고 했다.

"한 달 동안 전화를 받고 매일 전국으로 계약 미팅을 다
녔어요. 300건 정도가 계약됐죠. 두 구단이 총 288회 경기

하는 야구장과 일회용품 없는 최초의 영화관을 꿈꾸던 회사
와도 계약을 앞둔 상황이었고요. 눈앞에는 다른 투자도 필
요 없을 만큼, 무조건 확장만이 기다리고 있었는데 코로나
19가 터졌죠. 이후 두 달간 계약 취소 전화만 받았어요."

2020년, 잔치는 끝났을까?

코로나19가 많은 것을 뒤바꾼 일상에서 축제와 행사는
이제 전생의 기억처럼 아득하다. 신나게 놀던 사람들은 답
답함을 토로하며 언젠가 다시 시작될 축제를 기다린다. 하
지만 과연 잔치는 끝났을까? 코로나19 이전까지, 대한민
국에서는 크고 작은 축제를 포함해 약 5만 개의 행사가 열
렸다. 열 명 정도의 소규모 행사까지 포함한다면 집계가
어렵다고 곽재원 대표는 말한다. 행사가 열렸다는 것은 그
만큼의 쓰레기가 버려졌다는 이야기다. 코로나19 이후 우
리는 그 욕구를 배달 음식으로 달래며 매일 자체 잔치를
벌이는 중이다.

기존 축제 쓰레기의 −98% 성과를 내보고 이를 목도한
사람은 과연 다르다. 환경 때문에 시작하지 않았지만 이제
는 무언가 의미 없이 버려진다는 생각에 마음이 급하다는
것이다. 비즈니스도 이어가야 한다. 그리고 세상에는 아예
발생시키지 말아야 할 쓰레기가 너무도 많다.

"일회용품 사용 끝판왕이 배달이에요. 그 전 단계가 장
례식이고요. 원래 3~4년 이후에나 시작할 비즈니스 계획
이었지만 우리는 앞당겨 추진하기로 했죠."

장례식에서는 보통 상에 비닐을 깔고 시작한다. 한 명
이 오더라도 상에 재활용이 불가한 코팅 종이 그릇과 컵,
일회용 수저 등 총 10개의 일회용품으로 기본상을 세팅한
다. 그리고 빠르게 전부 버려진다. 모든 일회용이 그렇듯
쓰는 시간은 단 몇 분이지만 썩는 시간은 100년에서 500년
이 걸린다.

"장례식도 우리나라에서 엄청난 시장이에요. 무게감이
중요한 곳이니 진중한 느낌이 나는 소재와 식기를 택했어
요. 우리 서비스를 이용하면 고급스럽기도 하지만 쓰레기

가 제로죠. 사용 방법도 간단합니다. 일회용 버리듯 수거함에 넣으면 수거해서 세척해요. 그게 다예요."

배달은 사실 무척 어려운 문제다. 효율적인 배달 문화를 보급한다는 명목 아래 모바일 애플리케이션이 개발되자 배달 생태계는 완전히 바뀌었다. 가게들은 비용 절감을 위해 일회용 선택이 불가피했다. 배달 기사를 가게마다 고용하지 않고서는 그릇 회수란 비용 면에서 불가능했다. 먹고 난 그릇을 반드시 회수하던 많은 중화요리집 역시 일회용 그릇을 택했다. 그릇을 내놓는 것도 귀찮지만 남은 국물과 양념, 오염된 식기를 버리는 게 더 고역이다. 나는 요즘 전화로 그릇을 회수해 가는지 확인한 후에만 중국집에 배달을 청한다. 어쨌건 이제 답 없는 시장이 되어버린 끝판왕 '배달 쓰레기'를 이들은 무슨 수로 해결한다는 걸까?

"먼저 도시락 용기 개발에 집중하고 있어요. 가게에서 쓰는 일회용 도시락 용기 형태만 해도 400개가 넘어요. 우선은 기업 단위로 50~100개씩 정기 배달 가는 곳을 정해서 운영하려고 해요. 또 올해 저희가 강북구에서 일자리 지원 열 명을 받아요. 이 분들을 라이더로 해서 배달 수거를 진행할 거예요. 한 명당 200군데 수거를 할 수 있겠더라고요. 물론 용기 대여와 세척까지 저희가 하고요. 일단 너무 크게 보지는 않으려고요. '강북구 배달 쓰레기 제로' 이렇게 하나씩 레퍼런스를 만들어 가면 분명 모두들 하고 싶을 거예요. 이제 쓰레기는 모두의 문제니까요. 엊그제 배달의민족과도 만났어요. 그들도 배달 쓰레기가 문제라는 것은 잘 알고 있고 해결하고 싶어해요. 다만 왜 이렇게 처리해야만 하는지 알지 못했기에 일회용 쓰레기의 실상을 굉장히 적나라하게 말해줬죠."

"너무나 믿음직스럽네요!"라고 나도 모르게 소리 내 말했다. 세상 모두가 모든 분야에서 조금씩 덜 쓰면 되지 않을까 하는 내 안일한 마음과 달리 그의 결정과 실행력은 제로를 수렴한다. 분명 환경론자가 아니었던 그다.

"관점의 차이인 거죠. 저는 비즈니스적으로 접근했고 여전히 시스템의 문제라고 생각해요. 작은 실천도 좋지만, 저희 서비스를 쓰면 한 번에 1만5,000개를 줄일 수 있어요.

It's not a big deal

Welcome!
We're Trash Busters

Trash-Zero Solution
For All of The Event Spaces

TRASH BUSTERS

책임을 시민들에게 지울 수도 있지만, 왜 그래야 하죠? 그
래서는 안 변하거든요. 오스트리아의 경우 만약 100만 명
이 참여하는 행사를 열 계획이라면 100만 개의 다회용기를
준비해요. 그렇지 않으면 행사 허가가 나지 않아요. 우리에
게는 이제 그런 시스템이 필요합니다."

쓰레기 사장의 또 다른 꿈

곽재원 대표는 요즘 청소년을 대상으로 강의할 일이 많
다. 그는 청소년들에게 환경 운동가도 좋지만 이를 비즈니
스로 접근해 해결할 생각을 해보라는 현실적인 이야기를
해준다.

"환경을 해결의 관점으로 보면 다르잖아요. 왜 꼭 환경
운동가적 마인드를 가져야 하나요? 환경은 늘 착해야 하
고, 초록이어야 하고. 선입견이나 거부감을 갖는다면 오히
려 역효과죠."

환경 관련 논의가 닭이 먼저냐 알이 먼저냐 하는 문제

는 아니라고 보기에 내 생각은 조금 다르다. 인간에게 환경
적 감수성과 책임, 인지가 없다면 해결도, 비즈니스도 없기
때문이다. 하지만 자본주의의 관점에서 생각한다면 그의
제안은 무척 효과적이다. 트래쉬버스터즈의 사업을 놓고
보자면 분명 환경은 돈이고 감각적이며, 세상을 변화시키
는 일에 쉽게 동참할 수 있을 것만 같다. 또한 이런 인식을
빠르게 퍼뜨릴 수 있는 비즈니스 모델임이 분명하다. 그는
누군가가 이 사업 모델을 카피한다 해도 개의치 않을 것이
라 말한다. 결과적으로 그는 '쓰레기 제로'를 지향한다. 다
만 이 일은 결국 국가에서 해결해야 함을 강조한다.

　친구들에게 '쓰레기 사장' 혹은 '설거지 사장'으로 불리
는 그의 일상은 확실히 달라졌다. 철저하게 비즈니스적임을
계속 이야기하는 그에게 나는 "개인적인 삶에서 달라진 점
은 없는지"를 집요하게 물었다. 민망하고 별 것 아닌 듯 얘
기했지만 일회용 제품을 쓰지 않는 것, 텀블러가 없으면 카
페에서 주문을 하지 않는 것, 차 대신 자전거를 타고 다니는
것, 플라스틱과 쓰레기 박사가 된 것 등을 꼽았다. 엄청난

변화다. 끝으로 계획과 꿈이 무엇인지도 물었다.

"우선 일회용품 쓰레기를 줄이는 데 사활을 걸었어요. 업사이클링 작가와 플라스틱에 대해 연구하며 이것저것 실험해보고 있고, 제주도 여행객들을 대상으로 한 텀블러 대여 사업도 구상하고 있어요. 다시 부활할 컵 보증금 제도를 조금 더 현실적으로 편하게 사용할 수 있는 솔루션도 개발 중이에요. 뭐든 되도록 빨리 줄이고 싶어요. 할 일이 많아요."

내일 코로나19 이후 처음으로 '서울숲 재즈 페스티벌'에 일하러 간다며 즐거워하던 그를 만난 건 무척 행운이었다. 인터뷰 도중에도 여기저기서 다양한 형태의 쓰레기를 없앨 방법을 함께 고민하자는 요청이 쇄도하고 있었다. 앞으로 무척 바빠질 것이라 말하는 그는 장차 쓰레기 없애는 해결사로 엄청난 행보를 보여줄 것 같다. '트래쉬버스터즈.' 그 이름 참말 잘 지었다.

> 트래쉬버스터즈라서 가능한
> 일회용품 없는 축제 운영 시스템

'It's not a big deal.' 줄이는 거, 까짓 별 거 아니라는 그들만의 시스템, 한번 살펴보자.

제공하는 서비스는?

① **관객 응대** 관객들에게 식기 대여와 반납까지, 직접 관객 응대 서비스를 제공한다.

② **다회용 식기 대여** 일회용품을 대체할 수 있는 다회용 식기를 대여, 수거, 관리한다.

③ **현장 세척 시스템 설치** 현장에서 식기를 여러 번 사용할 수 있도록 세척 가능한 시스템을 구축하고 관객에게 안내한다.

④ **쓰레기 관리 부스 운영** 쓰레기통 부스를 설치하고 쓰레기 분리수거를 관리한다.

현장 관객 이용 순서는?

보증금을 교통카드 찍듯 간편하게 결제 → 식기 대여 → 푸드 트럭 등에서 자유로운 음식 구매(행사에 따라 용기를 이용하면 음식 할인 제공) → 다른 음식이 또 먹고 싶으면 셀프 중간 세척 후 사용 → 식기 반납과 보증금 간편 환급

용기의 소재와 재활용은?

오렌지를 시그니처 색상으로 선정한 감각적이고 가벼운 PP 소재
의 컵 두 종류, 스푼과 포크, 접시로 구성되어 있다. PP 소재는 보
통 반찬통을 만들 때 사용하는 플라스틱으로 열에 강하고 인체에
무해해 다회용에 적합하다. 게다가 이들이 만든 그릇은 마모나 파
손되면 재가공을 거쳐 100% 똑같은 식기로 탄생한다.

바다를 대변하는 사람들。

interviewee
김용규, 문수정
(오션카인드 공동 대표)

'지구법(Earth Jurisprudence)'
이라는 개념을 이해하기 시작한 때는 2015년 어느 가을이
다. 대학 때부터 이어온 소중한 인연으로 환경 학술 재단인
'지구와사람'의 창립 회원이 되면서 차츰 그 심각성을 깨달
았다. 이곳에는 법조인, 학술인, 예술가, 시인 등 다양한 직
업군이 모여 있는데, 그중에서도 법조 분야에 속한 이들이
가장 많다. 그들이 활발히 연구 활동을 이어가고 있는 학회
는 '지구법학회'다.

  지구법은 말하자면 자연에게 법인격을 부여해 '자연의
권리'를 대변하는 법이다. 궁금해하는 지인들에게 쉽게 전
하기 위해 사용한 예는 이것이다. 만약 강에 댐을 건설하려
고 한다 치자. 기존대로라면 우리는 지역 사람들의 의견을

물어본 뒤 합의 하에 댐을 세울 것이다. 하지만 지구법 입장에서는 다르다. 강에게 의견을 물어봐야 한다. 댐 건설로 직접적인 훼손을 입는 것은 가장 먼저 강이기 때문이다. 문제는 강은 말이 없다. 이를 대변하는 법을 바탕으로 사람이 변호한다.

누군가는 얼토당토않다고 이야기할지도 모르지만 에콰도르 헌법은 이미 자연의 권리를 명시했고 뉴질랜드 왕거누이강은 법인격을 부여받았다. 그리고 이런 움직임은 환경 문제가 날로 심각해지는 요즘 거센 논의를 끝으로 그 범위가 점차 확대되고 있다. 학술과는 거리가 먼 나조차도 이제는 지구법을 당연히 받아들인다. 이 개념을 진심으로 마음에 담은 계기는 지구와사람에서 기본 교재처럼 널리 읽는 책《우주 속으로 걷다》를 만나고 나서다.

예일대학교 메리 이블린 터커 박사와 캘리포니아 융합학문연구소 브라이언 토마스 스윔 박사가 쓴 이 책은 우주에서 창발한 지구 역사를 아우른다. 나는 우리가 알지 못하는 억겁의 세월을 이 책으로 만나면서 자연이 우리를 키웠고 그래서 우리가 존재한다는 사실을 더 명료히 깨달았다. 특히 인상 깊었던 구절은 바다의 생성을 이야기하는 부분이다.

> 수천 년 동안 지구에는 밤이 계속되었다. 엄청난 폭우가 내려 먼지를 지상으로 돌려보내고 바다가 형성된 다음에야 밤이 끝났다.

수세기 동안 밤을 뚫고 내린 비는 바다를 이뤘고 또 수백만 년이 흐른 다음 대양과 대기가 만나 생명을 품었다. 그래서 어류가 인간 조상이라는 이야기는 억측이 아닌 것도 같다. 지구는, 그리고 바다는 어머니와 같은 존재다. 생태 신학자 토마스 베리의 말처럼 인류(Mankind)는 이 공동의 집을 동일한 의무로 맑고 안온하게 지켜낼 필요가 있다. 맨카인드가 아닌 오션카인드, 이들은 바다를 대변하고 바다를 지키자는 결심으로 회사를 설립했다. 바닷가 클린업 활동을 꾸준히 이어가며 사람들에게 바다의 소중함을 알리고 있다.

©oceankind

최소한 우리가 지나온 길은 바뀐다

두 다이버가 바다 속에서 쓰레기를 줍는다. 쓰레기 한 보따리씩 어깨에 짊어진 그들에게 누군가 묻는다. "이 넓은 바다가 그런다고 회복될까요?" 그러자 이들은 대답한다. "최소한 우리가 지나온 길은 바뀌잖아요." 단숨에 카피를 외워버릴 정도로 내게 강렬하게 다가온 박카스 광고다. 오션카인드를 운영하는 두 부부가 실제 겪은 일을 재구성해 만들었다고 한다.

"그런다고 뭐가 바뀌겠냐고 말씀하셨던 분은 한 아주머니셨어요. 해변에 버려진 작은 플라스틱 조각을 줍는 날이었죠. 고개를 푹 숙이고 둘이 뭔가를 계속 주워 담으니까 궁금해서 다가오셨고, 광고에서처럼 대답했죠. 그리고 그분은 그렇게 갈 길을 가셨지만, 저희 모습이 궁금한 사람들이 더 있었던 거예요. 하나둘 와서 "뭐 하세요?" 하고 물었고 설명을 했더니 "어, 그럼 저도 주울까요?" 하면서 점점 사람이 모였어요."

마치 플래시 몹 한 장면 같았던 그날이 광고로 재연된

이후 여기저기서 동참하고 싶다는 연락이 날아들었다. 너무나 고맙고 뿌듯했다. 실제로 이들 활동에 영감을 얻어 많은 사람들이 실천을 시작했다. 그러나 한편으로는 꼭 바닷가에 와야만 실천할 수 있는 일처럼 비춰져 고민이었다. 이 활동은 그저 바다를 좋아하고 바닷가에 사는 사람으로서 생활 반경을 아름답게 지켜가자는 마음에서 시작했을 뿐 자신들은 특별한 일을 하고 있는 것도, 특별한 사람도 아니었다. 그래서 이들은 당장 쓰레기를 주우러 바다에 오겠다는 혹은 기부를 하겠다는 사람들에게 "그보다 일상에서 실천할 수 있는 일을 해주시는 게 더 큰 힘이 된다"며 조금 다른 제안을 했다. 그 말도 맞다. 그들 설명대로 우리가 지켜야 할 곳은 바다뿐이 아니며 내가 어떤 삶을 살고 어떤 하루를 보내느냐가 결국 자연에, 바다에 반영된다. 이 차근한 설명은 많은 이들을 납득시킨다.

그렇다면 이 부부의 바다 사랑은 언제부터 시작됐을까. 문수정, 김용규 대표는 사실 서울과 경기도 한복판에서 나고 자란 도시 사람이다. 자연을 잘 모르고 자랐기에 둘은

©oceankind

막연히 자연을 동경했다. 도시에서 일하면서도 마음 한구
석은 한 번도 살아보지 않은 자연을 그리워했다. 사진을 업
으로 삼고 있던 김용규 대표는 2006년 취미로 스쿠버 다이
빙을 시작하면서 양양 앞바다를 찾는 일이 잦아졌다. 자격
증을 따서 종종 강사로도 활동했다. 그러면서 바다로 갈 일
은 더 늘었다. 바다에 도착하면 늘 숨통이 트이는 기분을
느꼈다. 그런데 어느 순간부터 이질적인 광경이 눈에 들어
왔다. 어느 바다 속이든 육지에서나 보일 법한 쓰레기가 나
뒹굴고 있었다. 해변은 말할 것도 없었다.

　뭐가 잘못된 것일까. 이들 부부는 바다에 같이 다니기
시작하면서 쓰레기 문제에 더 많은 시간을 할애하기 시작
했다. 바다에 관한 책과 해양 관련 다큐멘터리를 수시로 찾
았다. 그럴수록 자신들이 좋아하는 바다의 아름다움이 영
영 사라질지도 모른다는 생각에 불안했다. 그렇게 그들은
물속에 들어가 쓰레기를 주워 나오기 시작했고 이 움직임
은 햇수로 벌써 4년이 됐다.

처음 바닷가 클린업

옛날식 유머 중 이런 말이 있다. "바다가 왜 바다인 줄 알아? 다 '바다'줘서." 누군가에게는 감탄을, 누군가에게는 멋쩍은 침묵을 자아냈던 이 싱거운 농담이 갑자기 생각난 이유는 "설마 그래서일까?" 하는 마음이 들었기 때문이다. 지구의 70%를 이루고 있는 바다가 모든 것을 정화해줄 거라는 인간의 근거 없는 믿음이 시시때때로 바다를 위협하고 있다. 10년 전 동일본 대지진 이후 후쿠시마 원전 오염수를 방류하겠다는 이야기가 심심찮게 들려오고, 바다를 떠돌던 쓰레기가 모여 북태평양에 거대한 섬을 이룬 지는 이미 오래다.

"왜 바다에 쓰레기가 넘치는지 몰랐을 때는 막연히 어업의 과정에서만 나오나보다 했어요. 어쨌든 그것도 사람의 활동이니 어쩔 수 없이 버려지는 것이라고 생각했던 거죠. 그런데 바닷가 클린업을 하면서 명확히 알게 됐어요. 육지에 쓰레기가 너무 많아서 어쩔 수 없이 바다로 흘러들었던 거였어요."

　적어도 지나온 길은 바뀌지 않겠냐고 되묻는 이들도 원래부터 눈앞에 보이는 길가 쓰레기를 절대 지나치지 못하는 부류는 아니었다. 바다가 마냥 좋아 서울에서 강릉으로 이사한 뒤 매일같이 해변을 거닐며 느낀 위화감이 그들의 마음을 움직였다. 한번은 키우는 강아지를 산책시키러 나간 바닷가에서 이상함을 느꼈다. 쓰레기가 여기저기 많다는 것은 알고 있었지만 서울에서 놀러올 때와는 차원이 다르게 더러웠다. 그때 알았다. 관광객에게 깨끗한 해변을 보여주기 위해 수많은 노동자가 이를 수시로 치우며 겨우 상태를 유지하고 있었다는 것을.

　그들은 바다를 가까이에 두고 싶어 터전까지 옮겼으니 이대로 있을 수는 없다고 생각했다. 우선 하루만이라도 한번 해보자는 마음에 강아지는 집에 두고 쓰레기봉지와 집게를 들고 본격 바닷가 정화에 나섰다. 그날은 '세계 연안 정화의 날', 2017년 9월 셋째 주 토요일이었다. 물론 처음부터 이렇게 꾸준히 활동하려던 것은 아니었다. 그런데 봉지에 쓰레기를 담으며 생각했다. "이건 도무지 하루 갖고는

될 일이 아니다!" 그들은 그때부터 여러 해변을 둘러봤다. 인적 없는 해변은 치우는 손길조차 드물어 안타까움을 더 했다.

"이런 일이 있었어요. 사람들이 잘 찾지 않는 해변이었고, 한 편에 나무 한 그루가 서 있었죠. 처음에는 나무 앞에 누군가가 봉지 하나를 버린 거예요. 다음 날 봤더니 이전보다 훨씬 많은 쓰레기가 쌓여 있었고 다음 날에는 정말 수북했어요. 바로 쓰레기봉투를 사서 치우기 시작했는데 100ℓ짜리 봉투 다섯 개 분량이 나왔어요."

누군가 치우겠지 하는 마음으로 한 사람이 버린 비닐봉지의 파급력은 그만큼 엄청났다. 이들 쓰레기는 다행히도 치울 의지가 있는 사람들이 발견해 쓰레기장으로 갈 수 있었지만 그렇지 않으면 파도에 휩쓸리거나 바람에 날려 바다 속으로 들어갈 운명에 처한다.

"또 어느 날에는 바다 속 쓰레기를 줍다가 비닐장갑 안에 있는 작은 물고기를 발견했어요. 바람에 날려 들어간 장갑이겠죠. 비닐봉지를 주우려다 문어가 살고 있는 집을 발

견한 적도 있어요. 은신하기 위해 봉지로 집 입구를 막고
있었죠. 낚시 바늘에 걸린 채 오도 가도 못하는 물고기도
종종 만나곤 해요."

　언론을 통해서 우리는 케이블에 칭칭 감긴 고래, 코에
빨대가 꽂힌 거북이와 같은 충격적인 피해 생물 모습을 접
할 수 있다. 그것이 플라스틱 빨대 안 쓰기 운동을 전 세계
로 확산했지만, 오션카인드가 직접 본 광경을 생생히 듣기
전까지는 아주 먼 곳에서 일어나는 소식 정도로 치부했다.
그의 이야기로 다시 새긴 당연한 사실은 인간을 제외한 어
떤 생물도 쓰레기가 어디로부터 왔는지, 그게 무엇인지 학
습하지 못한다는 것이다. 바다 속 생물도 스스로의 힘으로
는 절대 쓰레기를 피할 수 없다.

폭우가 지나간 후

　2020년 여름, 한반도 폭우는 긴 장마라기보다 기후변화
징후로 더 오래 기억될 듯하다. 농업 분야는 물론 각종 시

설 피해와 재산 피해가 속출했던 이 시기, 오션카인드는 해변에 어마어마한 쓰레기가 급속도로 쌓이는 것을 목격했다. 하천을 타고, 강을 타고 모여든 쓰레기는 결국 바닷가에 도착해 더미를 이뤘고 그 속에는 냉장고를 비롯한 폐가전과 온갖 살림살이로 가득했다.

"직접 그 모습을 보면 뭐랄까. 억장이 무너지는 심정이에요. 어떻게 해야 할지 모르겠는 무력감이 압도적으로 엄습해요. 결국 육지에서 넘쳐나는 쓰레기는 바다에 종착하는 거예요. 우리가 섬에 살고 있다고 가정하면 이해가 쉬워요. 섬에서는 발생하는 쓰레기를 처음에는 땅에 묻어요. 그러다가 섬이 쓰레기로 포화하면 결국 바다에 버리죠. 멀리 지구적인 관점으로 생각하면 육지도 그냥 섬에 불과하잖아요. 실제로 우리가 해양 쓰레기라고 이야기하는 것 중 80%는 육지에서 만들어진대요. 나머지는 어업이나 컨테이너 전복 같은 해양 사고로 발생하고요."

대륙도 지구적 관점에서 섬이라면 서울은 어떨까. 이곳역시 바닷가에 인접한 도시일 뿐이다. 도시에서 만든 쓰레

©oceankind

기는 우리가 좋아하는 한강을 타고 바다로 흘러간다. 책으로도 출간된 해양 다큐멘터리 영화 〈플라스틱, 바다를 삼키다〉의 한 장면이 떠올랐다. 달리는 배에서 물에 뜰채를 넣었다 빼자 아주 잠깐 사이에 그 안으로 플라스틱 조각과 뜯지 않은 초콜릿 과자 같은 것들이 딸려온다. 청정 해역이라 분류되는 곳에서도 어김없다. 북극에 내리는 눈에도 미세플라스틱이 검출되는 세상이다. 다시 말해 쓰레기는 크게, 혹은 아주 보이지도 않을 만한 크기로 지구를 뒤덮고 있는 셈이다. 이쯤 되면 망했구나, 할 수 있는 일이 없으니 그냥 되는대로 막 살아야겠다 싶은 이도 있을지 모른다. 하지만 오션카인드는 바다 곁에 사는 주민으로서 할 일을 계속 이어나가기로 결정했다. 변할 수 있고, 변해야 한다고 생각하기 때문이다. 이들은 아주 추운 겨울을 제외하고는 거의 매주 정화 활동을 한다.

"우리가 모든 쓰레기를 치울 수 없다는 걸 알아요. 그래도 치우지 않는 것과 비교해보면 치우는 게 낫다고 생각하는 거죠. 적어도 작은 일부는 깨끗해지니까요. 이를 통해 문제를 알리고 동참하는 사람이 많아질수록 주변이 바뀌지 않을까요?"

새우깡 봉지는 죽지 않는다

오션카인드 SNS에는 알록달록 콜라주 작품 사진이 자

주 올라온다. 그날그날 주운 쓰레기 기록이다. 쓰레기를 분석하는 일이 의미 있는 이유는 이것을 역추적하면 발생을 막을 가능성도 생기기 때문이다. 이렇게 지역마다 배출되는 쓰레기 종류나 양을 연구하는 사람들이 있다는 것도 정화 활동을 하며 알게 됐다고. 이들은 해변에 어떤 배출물이 가장 많은지를 살피기 위해 다이버 전용 용품인 체인징 매트를 사용한다. 차에 실고 다니던 매트를 꺼내서 펼친 뒤 그 위에 주운 쓰레기를 올린다. 한동안 출처를 궁금해하며 자주 주운 물건은 회색으로 된 작고 긴 플라스틱이었다. 알고 보니 폭죽에서 나온 플라스틱 탄피란다. 어느 하루 강릉 안목해변에서 주운 탄피만 무려 1,877개였다.

해변에서 폭죽을 터뜨리는 행위가 금지된 것은 오래 전이지만 사람들은 아랑곳하지 않는다. 방송 영향인지 캠핑과 낚시를 선호하는 인구가 기하급수적으로 늘면서 관련 쓰레기도 동시에 많아졌다. 가끔은 먹고 마시는 모든 과정에서 쓰레기가 나오지 않도록 단속하며 캠핑을 즐기는 가족도 만나지만 보통은 각종 쓰레기를 휴지통과 함께 해변

어딘가에 남기고 떠난다. 모두 자연이 좋아 찾아온 사람들
일 텐데 안타까움은 배가 된다.

사람들의 행동과 결과를 지켜보면 화가 나지 않느냐고
물었다. 오션카인드가 운영하는 채널에서는 그들이 직접
목격한 이야기가 친절하면서도 무던하게 흘러나오기 때문
이다. 거의 해탈에 가까운 말투라 느꼈는데, 그게 오해는
아니었던 모양이다.

"화가 많이 났었죠. 분노도 해봤고요. 근데 저희도 '이
문제에서 자유로울 수 있는가?' 하고 되물으면 그렇지 않
거든요. 지금 이렇게 활동하고 있지만 지난날에 저는 무언
가를 많이 사고 버리면서 살아왔고, 또 매일을 살아가는 사
람이기에 완벽할 수도 없고요."

지난여름 이들은 바닷가에서 소비자 가격 100원이 찍
힌 새우깡 봉지를 건져 올렸다. '폴리프로필렌 폴리에틸렌,
넌 하나도 안 변했구나' 하고 덧붙인 코멘트는 가벼웠지만
사실은 적잖이 충격을 받았다. 비닐이 100년에서 500년은
간다더니 그게 속설이 아니라 진짜였던 것이다. 1971년 출

시된 새우깡이 50원에서 100원으로 오른 게 1981년이고, 200원으로 오른 게 1988년이다. 이 봉지는 적어도 35년여 세월 동안 지구를 떠돌았다. 그런데도 형태는 멀쩡했다. 사진을 보던 사람들도 놀라움을 금치 못했다. 누군가 뜯어서 몇 분 만에 먹고 버린 과자 봉지가 사실은 죽음을 잊은 불사의 존재였던 것이다.

환경 보호가 사라지는 날

오션카인드는 일반 기업으로 사회적 기업도 어떤 재단도 아니다. 이 기업 형태가 시사하는 바는 꽤 크다. 꼭 공익 단체만이 이런 활동을 지속할 수 있는 것은 아니라는 것, 그리고 누구나 환경을 지키는 데 책임을 다해야 한다는 사실을 상기한다. 오로지 바다를 중심으로 활동하는 이들은 다양한 방식, 개성 있는 프로젝트로 계속해서 바다 보호가 얼마나 중요한 일인지를 알리고 있다. 강연을 나가기도 하고, 행사장 홍보 부스에서도 바다 보호 동참을 독려한다.

아이들을 위한 시간은 매번 더 의미 있다. 두 대표는 어떻게 하면 환경오염의 충격적인 단면 대신 이 일이 즐거운 과정이라는 메시지를 전할 수 있을까 고민하며 아이들을 만난다. 2019년 인천 연수구립공공도서관에서 기획한 쓰레기 없는 북페어 〈초록·책·축제〉에서는 물 아껴 쓰기, 전기 아껴 쓰기 등 아이들이 실천하고 싶은 것을 고르게 한 뒤 그 약속과 함께 바닷속을 배경으로 한 포토월에서 폴라로이드 사진을 찍어줬다.

"굉장히 인상적인 아이가 있었어요. 다른 아이들은 책임감이 느껴지더라도 사진이 찍고 싶어서 하나쯤은 실천할 항목을 골랐거든요. 근데 그 아이는 아주 오랫동안 고민하더니 고개를 푹 숙였어요. 약속을 잘 지킬 수 없을 것 같아서 못 고르겠대요. 결국 어깨가 축 처진 채로 그냥 돌아갔어요."

아이는 가볍게 골라보라는 두 대표의 제안도 한사코 거절했다. 아마도 상상할 수 없는 무게감이 '책임'이라는 이름으로 몰려왔기 때문일 것이다. 이 대목에서 나는 '할 수

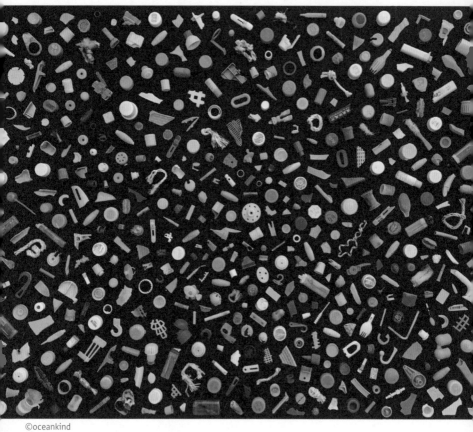

있는 선에서'라는 전제를 너무 남용하고 있는 것은 아닌지
스스로를 되돌아봤다.

"그런데 자책하거나 이게 거창한 일이라고 생각할 필요
없이, 그냥 자기 자리에서 할 수 있는 걸 하면 된다고 생각
해요. 작가는 환경을 소재로 한 드라마를 쓸 수도 있고, 선
생님은 학생들에게 환경의 소중함을 가르치고요. 학생도,
직장인도 다 각자의 위치에서 할 일을 생각해낼 수 있을 거
예요."

이들은 이제 행보를 조금 달리하려 한다. 비닐을 가지
고 노는 남방큰돌고래의 충격적인 모습 대신 원래 해초를
가지고 놀던 모습을 디자인해 사람들에게 보여줬던 한 프
로젝트가 계기가 됐다. 이처럼 부정적인 바다 모습보다 본
래의 아름다움을 사진과 디자인에 담아 사람들에게 알리
고자 한다. 《침묵의 봄》이라는 책으로 환경운동과 생태주
의를 촉발한 레이첼 카슨이 《우리를 둘러싼 바다》라는 두
번째 작품으로 바다의 역사와 생명, 심해의 아름다움을 묘
사해 바다의 소중함을 알린 것과 같은 접근이다. 오션카인

드도 바다를 대변하는 사람들로 존재하며 그 본모습을 알
리는 데 심혈을 기울일 예정이다.

　이것은 누가 억지로 부여한 역할이 아니다. 그렇게 각
자의 자리에서 지구의 일원으로 환경을, 더 나아가 자신을
보호하면 그만이다. 그렇게 자연스러운 생활과 생각이 깃
들면 우리는 더 이상 환경을 보호할 필요 없이 자연과 공
생할 수 있지 않을까. 오션카인드가 진정 바라는 일은 그런
세상이 오는 것, 그뿐이다.

쓰레기, 나도 주워볼까? 하는 생각이 든다면

오션카인드는 쓰레기를 주우며 자신의 일상을 진지하게 되돌아볼 기회를 얻었고, 일상의 많은 부분을 변화시킬 수 있었다. 쓰레기를 만들지 않는 생활이 무엇보다 중요하기에 원한다면 누구라도 지금 당장 자연 보호 활동을 시작할 수 있다. 하지만 조금 더 농밀한 활동가로서의 삶을 체험하며 보람을 얻고 싶다면 이들 방식을 따라 해보자.

1. 내가 지키고 싶은 곳 정하기

좋아하는 대상을 마음으로 정하고 주변을 가꿔본다. 동네의 작은 공원이 될 수도 있고, 공원 중에서도 특히 좋아하는 나무 주변을 밀착 관리해도 좋다. 산을 정화하는 것도 좋은 방법이다. 최근에는 등산을 하며 클린업 활동을 하는 사람들도 생겼으니 참고하자.

2. 안 쓰는 에코백 활용하기

종량제 봉지도 좋지만 안 쓰는 에코백을 활용하면 어떨까? 오션카인드는 쓰지 않는 에코백을 기부 받고, 뒷면에 본인들의 로고를 실크스크린으로 새긴다. 상징성도 있지만 다양한 유형의 쓰레기를 한 번에 담았다가 다시 분리수거 작업을 하는 데도 좋은 도구다.

3. 쓰레기를 분류하고 검토하기

오션카인드는 주운 쓰레기를 바로 버리지 않고 먼저 분류한다. 어떤 쓰레기가 나오는지 살피고 개수까지 기록한다. 내가 좋아하는 곳에 무엇이 쌓이는지 알면 더 구체적으로 주변에 알릴 수 있고 기관에 해결책을 제시할 수도 있기 때문이다.

4. SNS로 자신의 활동을 알리기

쓰레기를 줍는 일상은 본인 SNS 계정에서도 좋은 콘텐츠가 될 수 있다. 팔로워 수가 많이 없어 올려도 소용없을 거라는 생각은 버리자. 지금은 환경의 소중함을 단 한 사람에게라도 더 전하는 게 중요한 시점이다.

5. 일상의 작은 부분도 함께 변화시키기

위 네 개의 미션을 완료했다면 이미 당신의 일상은 많은 부분이 달라져 있을지도 모른다. 어디를 가든 텀블러를 가지고 다니며 물을 마시고, 어디서든 쓰레기를 남기지 않고 돌아오는 자신의 멋진 모습을 즐겨보자.

Chapter 02

REDUCE

조금 더 줄이기

#3

나는 생각보다 많은 것을 가지고 있다

'생각한 대로 살지 않으면, 사는 대로 생각한다'는
프랑스 소설가 폴 부르제의 유명한 말이 있다.
숱한 물건들 앞에서 멍하니 그것을 갈구할 때
나는 종종 그 말이 떠오른다.

'사지 않음'이 가져온 일상 밸런스.

interviewee
최다혜(미니멀리스트, 교사)

생각해보면 나의 간헐적 미니멀 리즘은 어느 맛없는 한 끼로부터 시작됐다. 몇 년 전, 친구 두 명과 작게 사무실을 열었던 때다. 처음에 우리는 이것저 것을 해먹었다. 매일 밖에서 점심을 사 먹는 것조차 부담이 라 쌀과 김치, 반찬과 양념은 집에서 공수하고 각자 1만 원 씩을 각출해 근처 시장에서 3만 원어치 장을 봤다. 일주일 을 예상하고 산 재료였는데 웬걸, 우리는 약 2주를 버텼다. 심지어 살이 쪘다. 맛있기도, 재밌기도 했지만 직접 요리하 고 나니 남은 음식을 버리는 게 더 아까웠다. 그러던 어느 날 우리는 간만에 기분이나 내보자며 외식을 시도했다. 망 원동에 작은 상점이 줄지어 생겨날 무렵, 그중 제법 예쁜 식당 하나를 골라 들어갔다. 거의 1만 원 가까이 하는 음식

을 각자 주문해 먹었는데 먹는 내내 '내가 이걸 왜 먹고 있
지?' 하는 생각만 수십 번을 했다. 그렇게 2주치 식비를 맛
없게 날렸다.

사실 그 이전에는 회사를 다니는 동안 뭘 사 먹어도 맛
에 큰 감흥이 없었다. 점심 외식은 직장인이 끼니를 해결하
는 가장 쉬운 방법이었을 뿐 별다른 목적이 없었으니 말이
다. 하지만 첫 창업과 폐업, 나 홀로 프리랜서가 되기까지
많은 것이 바뀌었다. 이제 나는 뭘 사 먹든 그 가치를 생각
하는 사람이 됐다. 외식을 당연시하지 않는 사람이 된 것이
다. 맛없는 한 끼를 계기로 스스로를 위해 기꺼이 요리하는
방법을 배웠고, 내 돈 주고 사 먹을 가치가 있는 음식을 찾
아다닌 결과 덤으로 미식 세계에 한층 가까워졌다.

그 경험을 모든 물건에 대입하고 확장하기까지 더 오랜
시간이 걸렸다. 이제는 내가 욕망하는 대상이 소위 '예쁜
쓰레기'인지 '찐'인지를 항상 의식하려 한다. 지금의 나는
작고 아늑한 공간, 좋아하는 사람과 함께하는 시간, 식물을
가꾸는 시간, 요리하고 산책하는 시간을 누릴 수 있음에 감

사한다. 안정적인 미래는 어차피 내 인생에 없다고 자만하며 행하던 숱한 소비도 어느 정도 소강해졌다. 여전히 통장 두둑한 삶은 아득하게 멀지만, 없어도 풍요롭게 버틸 수 있는 기초 체력을 키우느라 이런저런 소비를 한 것이라 생각하면 그 돈을 모으지 못한 지난날이 그리 아쉽지는 않다. 욕망을 제한하는 일이 결국 지구와 나 자신을 위한 일이라는 연결성은 나에게 큰 용기를 준다.

그놈의 집이 뭐라고

'푼돈을 모으려는 노력이 삶을 정상 궤도로 올려놓았다.' 브런치라는 온라인 공간을 돌아다니다 우연히 본 글 중 저 한 문장에 사로잡혔다. '삶을 정상 궤도로 올리니 돈이 모였다'라는 흐름과는 묘하게 달랐다. 좀 더 현실적이고 구체적으로 소비를 제한할 신선한 접근처럼 보였다. 브런치의 주인공은 미니멀리스트 최다혜 작가였다. 본업인 초등학교 선생님보다 작가라는 호칭이 더 어울릴 만큼 그는 매일 글을 쓰고 책을 읽는다. 내가 그동안 책에서 봐온 미니멀리즘과 달리 예쁜 소품이 있는 깔끔한 집을 내세우지도 않았다. 가진 물건을 줄이고 남긴 물건을 오래 쓰고 최대한 소비하지 않는 삶을 지향했다. 그리고 결정적으로 집에 대한 생각이 나와 비슷했다.

서른일곱 해를 지나며 꽤 많은 사람들의 크고 작은 집을 드나들었다. 들여다보면 사는 거 다 똑같다 싶다가도 어떤 때는 역시 돈이 좋긴 좋다는 생각이 들던 차였다. 하지만 집의 크기나 가격이 삶의 질에 비례하는 것은 아니라는 점은 분명한 것 같다. 많은 이가 선망하는 동네의 넓은 집이 상상 이상으로 복잡하고 지저분한 모습을 여러 번 본 뒤의 일이다. 후미진 동네의 작은 집이지만 무척 우아한 곳도 가봤다. 결국 높은 삶의 질은 좋은 취향이 결정하며, 쓸데없는 물건을 사들이지 않을 마음의 여유와 풍요가 좌우한다. 나는 줄곧 그렇게 믿고 있다.

처음 접한 최다혜 작가의 글은 집에 대해 이야기하고 있었다. 그는 강원도 동해시, 26평짜리 낡은 임대 아파트에

산다. 임대료까지 밝힌 그 글에는 실용과 시선 사이에서 고
민하는 작가의 생각이 담겨 있다. 오랜 절약과 미니멀 라이
프의 결과로 모인 두둑한 통장을 브랜드 아파트에 맡길 것
인가, 아니면 자신의 삶에 딱 맞춤한 좋은 집이지만 시선의
폭력에서 자유로울 수 없는 임대 아파트에 머무를 것인가.

초등학교 교사로 일하는 두 부부는 결국 임대 아파트를
택한다. 현재 사는 곳과 비교해 너무 넓은 새 아파트 거실
을 보고 마음 한구석에 휑한 바람이 이는 것 같았기 때문이
다. 베란다 너머로 산이나 강도 보이지 않고 직장과 거리도
멀었다. 단순히 남들 시선 때문에 그 집을 택하는 것은 합
리적이지 않다고 생각했다. 그뿐이다.

"둘 다 안정적인 직업을 가졌는데 왜 굳이 그렇게 사느
냐는 질문은 부모님께도 받아요. 주변인들에게 어디에 산
다고 이야기하면 싸한 분위기가 느껴지기도 하고, 열심히
벌어서 이사 가면 되니까 힘내라는 격려도 듣죠. 사실 처음
에는 말하기 부끄러웠어요. 그러다 반발심이 생겨 다른 집
은 얼마나 잘사는지 한번 보자 싶었죠. 근데 분명한 건 사

는 모습이 크게 다르지 않다는 거예요. 집이 미래를 결정하기도 하는 수도권과는 비교가 힘들겠지만 통계를 보아도 동해시는 빈부 격차가 그리 크지 않거든요. 집은 대체 왜 이리 민감한 주제일까요?"

아이들 사이에 '휴거'라는 말이 등장했다는 얘기를 듣고 소스라치게 놀란 적이 있다. 국민 임대 아파트 '휴먼시아'에 사는 아이를 깔보며 부르는 말 즉, '휴먼시아 거지'의 줄임말이다. 관련 학군 문제도 빈번히 터진다. 그곳에 사는 아이들이 내 아이들과 섞이지 못하게 하리라는 부모들의 의지는 염치도, 품위도 없는 폭력적인 글과 말로 여기저기 흩뿌려진다.

최다혜 작가는 블로그 글에서 이렇게 밝힌다. '검소하게 사는 데는 감정 노동이 필요하다'라고. 모든 집과 물건의 가격을 검색할 수 있는 세상에서 그것은 더욱 극명해진다. 심지어 초등학생까지 그것을 알아보고 알아낼 능력이 있다. 나만 해도 때로는 누군가의 물건과 집 가격을 검색하지 않아도 어림짐작한다. 이런 와중에 타인의 시선에 주눅

들지 않고 소신을 지키며 사는 그의 생각은 그래서 더 가치
있다.

미니멀의 시작은 어쩌면 맥시멀

당연한 얘기지만 미니멀리스트의 기질이 따로 있는 것
은 아니다. 물건에 심취해 엄청난 소비를 저질렀던 사람들
이 궁극의 미니멀리스트가 되는 극적인 이야기가 많은 것
을 보면 말이다.

최다혜 작가 역시 원래부터 그렇지는 않았다. 22평이었
던 첫 신혼집은 발 디딜 틈이 없었다. 특히 첫 아이를 낳고
서는 아이를 재워주는 물건, 젖병을 소독해주는 물건 등 꼭
있어야 한다고 소문난 육아템은 다 모은 상태였다. 물론 그
것들이 육아를 더 편리하게 해주지는 않았다. 육아용 매트
와 볼 풀장을 들여왔을 때는 최악이었다. 그런데도 뭐가 잘
못된 것인지 몰랐다. 남들도 다 있으니 괜찮다고 생각했다.
첫 번째 변화는 친구 집에 놀러갔을 때 찾아왔다. 비슷한

시기에 낳은 아이를 같은 평수에서 키우는데도 친구 집은 깔끔하고 벙벙해 숨통이 트였다. 분명 이 친구도 힘들 텐데 육아템은커녕 장난감도 몇 개 없었다.

"처음에는 내가 살림을 못하는 사람이구나 싶었어요. 안 그래도 육아 휴직으로 자존감이 낮아진 상태였는데, 대신 살림을 배워보자 싶었죠. 온라인 서점을 무조건 뒤졌어요. 그러다《멋진롬 심플한 살림법》이라는 책을 만나게 됐어요. 이거구나 싶었죠."

책을 쓴 장새롬 작가 역시 보이는 것에 치중하지 않는 소신 있는 미니멀 라이프를 살고 있었다. 그 당당하고 여유로운 모습이 좋아 보였단다. 필요 없는 물건을 다 정리하라는 저자의 말에 최다혜 작가는 가슴이 뛰었다. 아이들 옷이나 영유아 교구, 육아 아이템도 별로 필요하지 않다는 확신이 생겼다. 그날부터 그는 불필요한 물건을 하나씩 비우기 시작했다. 당연히 필요할 것 같아 구입했던 화장대도, 작은 방을 가득 채웠던 볼 풀장도, 잘 매지 않는 가방도 중고 거래로 정리한 뒤 맛있는 식재료로 바꿨다.

한동안 비우는 데 열을 올리니 공간에 여유가 생겼다.
그다음 그가 심취하기 시작한 분야는 재테크였다. 보통은
집 꾸미기로 옮겨 가는데, 의외의 전개다. 정말 악착같이
모았다고 한다. 가계부를 쓰면서 세 가족이 하루에 생활비
1만 원으로 살아보는 도전을 했고, 무지출 데이를 늘리려
는 시도도 했다. '돈 쓰는 도전 말고, 돈 모으는 도전은 실패
해도 별일 없다'는 작가의 글처럼 실패하는 날에도 아무 일
이 일어나지 않았다. 최다혜 작가는 그간 육아로 꽉 찬 스

트레스를 삶을 간소화하며 해소했다. 아니, 100%에 가깝
던 스트레스는 그가 뭔가를 비우는 동안 저절로 사라졌다.
한쪽이 휴직하면 점점 가벼워지기 마련인 부부 통장에는
차츰 돈이 모였고 마음은 더 든든해졌다. 무엇보다 그들에
게 '소비로부터 자유로운 삶'이 선물처럼 다가왔다.

절약의 절대 비법, 독서

두 딸을 포함한 네 식구 식비는 하루에 1만5천 원으로
책정해 운용한다. 더 지출하는 날도 있지만 남는 날도 있어
서 딱 알맞다. 옷은 깔끔하기만 하면 되니 더 사지 않고 있
는 옷을 잘 관리한다.

"보면 여기저기서 물려받은 둘째 아이 옷 중에 질 좋은
게 더 많아요. 누군가에게 물려줄 수 있다는 건 그만큼 오
래 버티는 옷이라는 얘기거든요."

두 부부의 옷 구입비는 6개월에 각자 10만 원으로 제한
했다. 얼마 전 새로 교체한 빨래 건조대는 친구에게 중고로

얻은 것이다. 부러진 상태에서도 오랫동안 사용한 기존 건
조대를 그렇게 처분했다. 이렇게 알뜰한 그가 '사지 않음'
에서 예외로 두는 것은 책이다. 최다혜 작가는 자존감 회복
을 위해 시작한 글쓰기 덕분에 꽤 여러 방송의 주목을 받았
다. 방송사는 모두 그를 '알뜰 주부'로 소개했는데, 그때마
다 현실적인 팁을 전하면서 무엇보다 중요한 비법은 독서
라고 외쳤던 그다. 그러나 한 방송사를 제외하고는 무참히
잘렸다. 그럼에도 왜 그렇게 독서가 절약의 비법이라는 얘
기를 포기하지 않느냐고 물었다.

"어떤 책을 읽어도 절약하지 않고 흥청망청 쓰는 사회
나 사람은 다 파멸할 것처럼 그려져요. 《마담 보바리》만 봐
도 보바리 부인이, 말하자면 카드 값을 돌려 막다가 처절한
최후를 맞죠. 역사책, 과학책, 에세이 무엇을 읽어도 소비
할수록 좋다고 적힌 책은 하나도 없어요. 심지어 재테크 책
도 돈을 쓰지 말라고 이야기해요. 하지만 미디어는 달라요.
모든 것이 광고투성이죠. 예를 들어 드라마에 나를 대입해
보면 비싼 물건이 잔뜩 필요한 가난한 여주인공 포지션이

에요. 하지만 책 속에서 나는 그저 삶을 용기 있게, 정상적으로 살아가는 캐릭터일 뿐이죠. 그래서 미디어를 줄이고 책을 읽는 것만으로도 소비 욕구는 줄어들어요."

들고 나서야 나도 눈치를 챘다. 당장 내 책장만 봐도 소비를 자랑하는 책은 하나도 없다. 모두 자신의 소박한 삶이 어느 찰나 행복하게 느껴졌다고 이야기한다. 혹은 사회가 극심한 자본주의로 심각한 위기에 빠지고 있음을 명시하는 책뿐이다. '서호책방'이라는 작은 서점의 책방지기가 된 한 언니와 몇 년 전부터 독서 모임을 시작했다는 최다혜 작가는 이제 주도적으로 '절약 모임'을 운영한다. 멤버는 총 열두 명이다.

"제 비법을 정리해 이야기하고 각자가 세운 미션을 인증하는 모임이에요. 머니 토크를 진행하고 관련 책도 읽어요. 혼자 하는 건 외롭잖아요. 같이 하면 더 오래 할 수 있어요. 멤버들은 이제 소비하는 삶의 문제를 근본적으로 인식해 나가고 있어요."

이제 지구를 걱정하는 사람으로

최다혜 작가가 블로그에 쓴 글들을 순차적으로 보면 흥미로운 흐름이 보인다. 미니멀 라이프 책을 계기로 물건을 치우는 데 열을 올리다가 갑자기 마흔 전에 10억을 모아야 겠다고 결심하며 절약과 재테크에 뛰어든다. 그다음은 진짜 미니멀 라이프를 살며 소비를 지양하다가 지금은 환경에 관한 책을 읽고 글을 쓴다. 최대한 고기를 덜 먹기 위한 삶으로도 전환해가고 있다.

"절약이 지구에 도움이 된다는 사실도 책을 보고 알았어요. 마크 보일 작가의 《돈 한푼 안 쓰고 1년 살기》라는 책을 읽고요. '뭐라고? 돈 한푼 안 쓴다고?' 제목을 보자마자 혹해서 읽기 시작했는데, 사실 저자는 환경 파괴의 가장 큰 원인이 소비라고 생각해서 지구를 위한 삶이 무엇인지 실험하는 거였어요. 그 책을 통해 물건이 어디에서 오고 소비가 왜 문제인지 더 인식하게 됐죠. 그 후로 환경에 관한 책을 더 자주 읽어요."

그 외에도 문명의 이기를 거부하고 2년간 월든 호숫가

숲속에서 통나무집을 지으며 자급자족을 실천한 헨리 데이비드 소로우의 《월든》, 뉴욕을 떠나 농촌 버몬트에서 소박한 삶의 정신을 키웠던 헬렌 니어링의 《조화로운 삶》과 같은 책들이 그에게 삶에서 진정 생각해야 할 가치가 무엇인지 일러줬다. 그는 이제 아이들에게 장난감을 쥐어주는 대신 숲과 바다를 함께 산책하고 책을 읽어주며 시간을 보낸다. 남들 시선을 의식하느라 돈을 좇으며 정신없이 살기보다 남편과 함께 이야기를 나누는 일상을 더 소중히 여긴다.

지금 그는 스웨덴의 청소년 환경 운동가인 그레타 툰베리의 책을 읽고 있다. 얼마 전에는 《작은 행성을 위한 몇 가지 혁명》이라는 책도 읽었다. 읽으면 읽을수록 절약이 지구에 도움이 된다는 확신이 섰다. 그는 무엇을 소비할 때 마하트마 간디의 격언을 떠올린다. '모자를 쓰고 모자를 사러 가지 마라.' 물론 간디가 기후위기를 맞은 지구를 생각하며 한 말은 아니다. 이는 부의 불균형을 이야기한다. 내가 많이 소유하면 누군가는 갖지 못할 것이라는 의미다.

"생각해보면 모자를 쓰고 모자를 사러 가는 경우는 너무 많죠. 냉장고에 이미 식재료가 가득한데도 우리는 장을 보고 대량으로 쟁이는 것을 당연하게 생각해요. 간디의 말을 접한 이후로 저는 항상 고민해요. 이 소비는 과연 모자가 있는데 모자를 사러가는 격일까 아닐까. 어떤 사람들은 반문해요. 소비하지 않고 절약하려고만 하면 경제가 대체 어떻게 되겠느냐고요. 하지만 소비 때문에 지구상 모든 생

명이 위협받고 있다면 고민할 필요가 없지 않을까요?"

그의 물음에 나는 말할 것도 없이 예스다. 지구를 위한 절약이라면 모든 것은 말이 된다.

반짝거리는 것을 좇지 않기

'우리는 자기 방어로서 소비를 한다. 번 돈을 진짜 좋아하는 데 쓰지 못하고, 남의 시선에서 안전하기 위해 소비한다.' 최다혜 작가는 블로그 글에 이렇게 적었다.

"궁상인가? 아니야. 하지만 난 통장에 돈은 있어. 이런 감각 때문에 스스로 위축되지는 않아요. 만약 이전처럼 살았다면 겉으로 보기에는 기준도 모호한, '남들처럼' 그럴 듯하게 살려고 노력했겠지만 '텅장(텅 빈 통장)'을 보며 스트레스 받았겠죠. 오히려 지금은 행운이 찾아오지 않는 이상 월급쟁이가 절약 말고 무엇으로 풍요를 누릴 수 있냐고 되묻고 싶어요."

'남들처럼'의 기준이 만약 텔레비전에서 비춰지듯 홀로

30평대 아파트에 살며 냉장고 두세 대를 갖춘 삶이라면 글 쎄. 누군가는 라이프 스타일이라고 하겠지만 지구의 입장 에서 이 선택을 존중해줄 수는 없을 것이다. 이를 환영하는 건 우리의 오랜 소비가 배불린 자본가들뿐이다. 그렇다면 나 역시 정체 모를 '보통' 혹은 '남들처럼'이라는 기준에 현 혹되어 소비를 거듭하고 그 악순환을 끊지 못하는 사람 중 하나일 뿐이다.

생활 밸런스를 찾기 위해 시작한 4년간의 절약이 결국 에는 환경 문제에 대한 인식으로 확장했다는 그의 이야기 는 내게 한 가지 확신을 줬다. '역시 세상의 모든 문제는 연 결되어 있구나.' 그래서 끝으로 이렇게 연결된 세상에서 꼭 변화시키고 싶은 것이 무엇이냐고 물었다.

"정말 바라는 점은 사람들의 세계관이 바뀌는 거예요. 북유럽에는 '얀테의 법칙'이 있대요. '보통 사람의 법칙'이 라고 해석하는데, 자신이 남들보다 특별한 사람이라고 생 각해서는 안 된다는 법칙이에요. 예를 들면 좋은 가죽 구두 를 신은 사람이 오히려 허름한 운동화를 신은 사람에게 고

개를 숙여야 하는 거죠. 다시 말하면 허름한 운동화를 신은 사람이 조금 더 당당해야 한다는 사회적 공감대가 있어요. 그래서 사람들은 넓은 도로를 만드는 것에 공감하지 않죠. 고급 자동차보다 보행자와 자전거를 우선하는 문화가 당연하고요. 우리는 여전히 반짝거리는 것이 좋다는 세계관에 머물러 있고 거기에서 벗어날 필요가 있는 것 같아요. 코로나19 방역이 우리나라에서 이만큼 가능할 수 있었던 건 정부와 의료진 노력도 물론 크지만 여론이 형성한 압박감 때문이기도 하잖아요. 그런 사회적 시선이 옳지 않은 소비를 막는 데도 적용되면 좋겠어요. 큰 집에 살면서 난방장치를 빵빵 때는 사람이 아니라 작은 집에서 소박하게 사는 사람이 멋지다고 생각하는 세상. 그런 세상이 오면 좋겠어요."

'생각한 대로 살지 않으면, 사는 대로 생각한다'는 프랑스 소설가 폴 부르제의 유명한 말이 있다. 숱한 물건들 앞에서 멍하니 그것을 갈구할 때 나는 종종 그 말이 떠오른다. 통장은 마이너스로 대답하고 지구는 생각 없이 자원을

채굴하는 우리를 코로나19와 기후변화로 책망한다. 그래
서 세계관을 어떻게 바꾸면 좋을까?

"자신에게 이익으로 돌아오지 않으면 바뀌기가 힘들잖
아요. 그냥 간단하게 말하고 싶어요. 우리 월급쟁이들 모두
아끼고 부자가 되면서 지구를 살리면 좋겠습니다."

그 어떤 때보다 의욕적이었던 마지막 말에 깔깔 웃어버
리고 말았다. 어렵게 사는 이들에게는 절약이라는 말까지
도 사치일 수 있지만, 이제 그만 사는 대로 생각하는 것을
멈춰야 할 때가 아닌가 싶다.

절약은 오늘부터! 하루 예산 가계부 쓰기

최다혜 작가는 가계부 쓰는 일을 빼놓지 않는다. 절약하며 지구를 지키는 사람이 되기 위해, 그가 권하는 하루 가계부 쓰기부터 시작해보자.

Step 1 하루 식비와 하루 생활비 예산 정하기

시작은 상상하는 예산 범위 중 최소 비용으로 잡고 이후 알맞게 조정한다. 그러면 나와 가족의 행복을 해치지 않으면서도 가장 절약할 수 있는 예산을 잡을 수 있다. 최다혜 작가의 네 식구 하루 식비 및 생활비는 1만5천 원이다. 이 역시 다양한 경험을 거쳐 최적으로 조정한 액수다.

Step 2 날짜/지출 내역/하루 잔액/누적 잔액 기록하기

날짜 ○월 ○일

지출 내용 예: 요거트, 우유, 버섯 1팩, 어묵 1봉

지출액 예: 13,000원

하루 잔액 예: 2,000원

       하루 예산 15,000원-지출액 13,000원=2,000원

누적 잔액 예: 3,500원

       어제 하루 잔액 1,500원+오늘 하루 잔액 2,000원=3,500원

누적 잔액은 다음 날 지출에 합쳐 쓸 수 있다. 단, 월급날 전날까
지 누적 잔액이 있으면 모두 저축하고 월급날부터 새롭게 시작한
다. 매일 실천하고 기록하면 불필요한 소비를 피할 수 있다. 아,
가계부는 따로 사지 말고 남는 공책을 반 접어서 쓰자.

가벼워서 자유롭고 산뜻한。

interviewee
에린남
(미니멀리스트, 작가)

텅 빈 방, 딱 필요한 만큼의 옷
과 생활소품. 사사키 후미오가 쓴《나는 단순하게 살기로
했다》가 2015년 국내에 출간되면서 미니멀 라이프에 대한
관심은 급속도로 높아졌다. 다큐멘터리로도 이 소재가 방
영되면서 당시 많은 사람들에게 일상과 물건을 되돌아볼
계기를 선사했다.

그 당시 나는 미니멀 라이프 열풍과 함께 출판 시장에
속속 등장하기 시작한 미니멀리즘 관련 책 네다섯 권을 마
케팅하려고 기획 중이었다. 그래서 사사키 후미오의 책보
다 이 책들로 먼저 미니멀 라이프를 접했다. 주로 주부들이
쓴 실용서였는데, 처음에는 단순히 깔끔하게 살림하는 법
인가보다 생각하며 접근했다. 알면 알수록 이것은 단지 비

우기의 문제가 아니라 삶을 심플하고 주도적으로 이끄는 중요한 방향성이었다. 그중 《오늘부터 미니멀 라이프》라는 책 저자는 미국에서 일본으로 이사하며 미니멀 라이프를 시작했다. 이삿짐이 한참 동안 도착하지 않아 남편과 아이 셋, 이렇게 다섯 식구가 최소한의 물건만으로 지내는 경험을 한 것이다. 그래도 삶이 가능하다는 사실을 깨달은 저자는 그렇게 미니멀 라이프를 이어갔고 집안일에서 자유로워졌다. 전보다 즐겁고 평온하게 일상을 가꿔갈 수 있는 힘도 얻었다.

《궁극의 미니멀 라이프》는 미니멀리즘과 환경 문제가 연관되어 있다는 것을 알려준 책이다. 일본의 2층짜리 전통 주택에 사는 저자가 내는 한 달 전기세는 단돈 500엔. 저자는 동일본 대지진 같은 큰일을 겪으며, 편리한 기기들에 의존할수록 전기도 수도도 들어오지 않는 위기의 상황에서 인간이 할 수 있는 일은 아무것도 없음을 깨달았다. 그런 무력감을 또다시 느끼고 싶지 않아 줄이는 삶을 택했다. 그래서 그가 택한 미니멀리즘은 환경운동에 가깝다. 냉장고

도 세탁기도 청소기도 없이 살아가는 저자는 단정하고 깔
끔한 살림살이를 대표하는 일반적인 미니멀리즘의 틀을
완벽히 깨버렸다. 오히려 오래된 물건, 자연과 함께하며 옛
날의 삶으로 회귀한 듯 살아간다. 물건이 많지 않기에 가전
이 없어도 집안일은 쉽고, 음식 보관이 어려우니 늘 신선한
재료로 영양가 있는 음식을 만들어 먹는다.

　이처럼 두 책의 저자는 스타일도, 시작 이유도 달랐지
만 물건에 얽매이지 않고 온전히 자신이 주도하는 인생을
일궈간다는 점에서 맥을 같이한다. 여기 또 한 사람의 미니
멀리스트가 있다. 본인을 '미니멀리스트 꿈나무'라고 칭하
며 2019년 유튜브에 등장한 에린남 작가는 집안일이 귀찮
아서 미니멀 라이프를 덜컥 시작해버린 케이스다. 비교적
단순했던 그 선택이 가져온 일상은 깊고 풍성했다. 에린남
작가를 만났다.

집안일, 안 할 방법 없을까?

사이좋게 밥을 먹고, 설거지 앞에서 싸움을 시작하는
부부. 처음에는 소꿉놀이인 줄 알고 시작한 살림이 점점 불
어나고 부담으로 다가오자 에린남 작가는 설거지 앞에서
도 마음이 무너질 만큼 하루하루가 고되게 느껴졌다. 결혼
을 하고 처음으로 맞닥뜨린 '집안일'이라는 영역은 좀처럼
적응이 되지도, 쉬워지지도 않았다. 신혼 생활을 시작하고
곳곳에서 뻗어오는 온정의 손길로 점점 불어나는 물건도
문제였지만, 혼자 밖에 나가는 날이면 여지없이 쇼핑센터
에 들러 뭔가를 사오는 것도 문제였다. 그는 물건을 고르는
일이, 물건 그 자체가 너무도 좋았다. 그러면서도 이 물건
들 때문에 집안일이 힘들어졌다는 생각은 한 번도 해본 적
이 없었다. 그런가 하면 자신도 모르게 작고 귀여운 타이니
하우스나 트레일러하우스, 땅콩집에 관한 영상을 찾아보며
간소한 삶을 마냥 부러워했다.

어느 날 작가는 진지한 태도로 집안일을 줄일 방법을
고민하기 시작했다. 아무리 생각해봐도 묘안이 떠오르지

않았지만 답은 하나였다. '집안일이 귀찮으면? 집안일을 안
하면 된다!' 그러던 중 웹 서핑을 하다 사사키 후미오의 텅
빈 방을 보게 됐다. 다른 것은 차치하고 딱 이 생각 하나만
들었다고 한다. '저 사람 집안일하기 정말 쉽겠다.' 갑자기
가슴이 뛰었다. '당장 미니멀리스트가 되어야 한다!'는 결
론에 도달하자 가만히 앉아 있을 수 없었다. 너저분해 보이
는 집안 모든 것들을 싹 끌어 모아 거실 한가운데로 옮겼
다. 알 수 없는 성취감이 느껴졌다. 회사에서 돌아온 남편
은 그 광경을 보고 말했다.

"대체 무슨 일이 일어난 거야?"

에린남 작가는 결혼해서 호주로 가기 전까지 광고 조감
독으로 2년 남짓 일했다. 고등학교 때부터 미술을 전공했
지만 영상 쪽에 관심이 더 커지면서 선택한 직업이었다. 톱
모델들과 작업할 기회가 많았을 정도로 큰 프로젝트에 참
여했던 그는 밤낮 없이 바쁘게 일했다.

"그때는 시간이나 돈에 대한 개념이 전혀 없었어요. 사
무실에서 내내 일하는 게 그저 당연했고, 스트레스가 쌓이

면 갑자기 지갑만 갖고 밖으로 나갔어요. 일하는 곳이 신사
동 가로수길이었는데, 아무 데나 가서 물건을 사고 나왔어
요. 신발을 세 켤레나 산 날도 있었죠."

에린남 작가가 일할 당시 광고 시장은 그야말로 호황이
었다. 만나는 업계 사람들은 비싼 차와 시계 같은 것에 열
을 올리며 물건 잔치를 벌였다. 그의 월급은 적었지만 그
틈에 있다 보니 무언가를 사는 데 거리낌이 없어졌고 돈을
버는 족족 써버렸다.

"하지만 스트레스는 전혀 줄지 않았어요. 점점 지쳐가
기만 했죠. 호주로 출장을 떠났을 때 지금 남편을 만났어
요. 나중에 결혼을 결정하고는 다른 환경에서 여유를 가지
며 그간 꿈꿨던 것들을 하나씩 이뤄보고 싶어서 남편이 살
던 호주를 거처로 택했어요. 애니메이션에 관심이 많아 혼
자 그림을 그려보고, 글도 쓰고 했는데 막상 이뤄지는 성과
는 별로 없더라고요."

그에게 집안일은 좀처럼 성과가 나지 않는 자신의 상황
을 연장해놓은 것만 같았다. 그래서 스트레스였고 점점 하

기 싫은 일이 돼버렸다. 그런데 물건 갖다 버리기를 시작하
자 이전에 느낄 수 없었던 성취감이 찾아왔다. 너무 재미
있어서 한동안 흥분 상태가 지속됐을 정도다. 게다가 호주
는 중고 거래가 활발한 곳이라 내놓은 물건도 쉽게 잘 팔
렸다. 호주 달러가 뭉치가 될 만큼 돈을 버는 재미가 쏠쏠
했다. 그 물건을 사기 위해 엄청난 돈을 지불했었다는 것도
잠시 잊은 채. 물론 실망했던 순간도 있다. 일주일만 비우
면 금세 깨끗해질 줄 알았던 집은 눈에 띄게 나아지지 않았
다. 물건에 대한 미련은 그리 쉽게 버릴 수 있는 것도 아니
었다. 그는 자신이 초보 미니멀리스트임을 인정하고 다시
물건을 낱낱이 살펴보기 시작했다.

항상 물건과의 마지막을 생각하다

넷플릭스 콘텐츠 중 정리 전문가 곤도 마리에의 〈설레
지 않으면 버려라〉라는 리얼리티물이 있다. 물건을 하나하
나 살피고 그 물건에 대해 설레는 감정이 들지 않으면 비우

게 하고, 남은 짐을 깔끔하게 정리하는 법을 가르쳐주는 프로그램이다. 회차마다 신청인들은 산더미 같은 짐을 쌓아놓고도 뭐 하나 쉽게 버리는 일이 없다. 아깝다는 생각, 물건에 깃든 추억 때문이다. 그러다가 '버리지 않으면 변할수 없구나' 하고 깊이 인식하는 경험을 한다. 그다음에는 버리는 일이 수월하다. 에린남 작가에게도 그런 경험이 찾아왔다. 그중 한 발짝 더 이 문제를 고찰할 계기가 된 건 환경이었다.

에린남 작가가 살던 호주 지역은 매달 셋째 주 목요일마다 대용량 쓰레기를 버린다. 호주에서 산 3년 중 2년 동안은, 그러니까 미니멀리스트를 결심하기 전에는 쓰레기를 버리는 광경을 보고도 아무 문제를 느끼지 못했다. 그런데 미니멀리스트 마인드로 그 모습을 마주하자 온몸에 소름이 돋았다. 온갖 종류의 가구, 매트리스, 냉장고까지 엄청난 양의 쓰레기가 공터를 넘어 길가로 이어졌다. 심지어 쓰레기가 가로수처럼 늘어선 길을 5분가량 지나야 쓰레기 길이 끝날 정도였다.

"그날 내가 비운 짐이 어디로 가는지 처음으로 궁금했어요. '사람들이 정말 너무하다' 싶은 생각도 들었는데, 사실 저도 그동안 거기에 일조해온 사람이었던 거죠. 호주는 그나마 버려진 가구나 가전제품을 아무런 편견 없이 가져가서 고쳐 쓰는 일이 많아요. 그래도 매번 그 물건이 다 순환되지는 않으니 나머지는 거의 안 쓰는 영토에 매립된다고 해요. 몇 백 년이 걸려야 쓰레기가 썩는다는 말이 그제야 실감났어요."

이처럼 쓸데없는 소비가 가져온 결과를 목격한 그는 환경 책과 다큐멘터리 영상을 찾아보기 시작했다. 특히 〈플라스틱, 바다를 삼키다〉라는 다큐를 통해 무분별한 소비가 바다를 오염시키고, 물고기가 미세플라스틱을 먹고, 결국 자신에게 되돌아온다는 사실을 깨달으며 충격에 휩싸였다. 그냥 집안일이 귀찮아서 미니멀리즘에 눈을 돌린 것뿐이었는데, 그간 아무렇지도 않게 행했던 소비가 이렇게 무서운 결과를 가져오다니. '미니멀리스트가 되기를 잘했다.' 그는 안도의 숨을 내쉬었다. 물론 그러는 동안에도 많은 물

건을 내다 버렸다. 버리는 행위가 지구에 도움이 될 리 없
겠지만 물건에 둘러싸여 있으면 있을수록 더 많은 소비욕
을 부른다는 사실은 명백했다. 이제 해야 할 일은 소비 습
관을 바꾸고, 나아가 삶의 근본적인 태도를 바꾸는 일이었
다. 이제 미니멀리스트 3년차. 그는 지금껏 단 한 순간도 미
니멀리스트가 된 것을 후회한 적이 없다. 숱하게 버린 물건
들 중 미련이 남는 것도 없다. 그는 이제 무언가를 사기 전
에 항상 물건과의 마지막을 상상한다.

유튜버가 된 미니멀리스트

미니멀리스트가 된 이후 그는 매일같이 다른 미니멀리
스트들이 만든 콘텐츠들을 찾아보며 마음을 다잡았다. 아
무리 비워도 또 비울 게 나왔고, 마음가짐이 진보하는 만큼
'이건 도무지…' 싶던 물건도 비울 용기가 생겼다. 주방 공
간을 좋아했던 에린남 작가는 당연히 필요하다고 생각해
서 샀던 전자레인지도 비웠다. 생각해보니 잘 쓰지도 않았

고 전자레인지가 하는 일은 가스레인지로 충분히 소화할
수 있었다. 점점 물건을 비우자 수납장도 사라졌다. 많은
이들이 수납공간이 없어서 집이 어수선하다고 생각하지만,
그는 수납장이 있어서 물건이 늘어날 수밖에 없다는 생각
에 이를 정도로 가치관이 달라졌다.

그렇게 물건 비우기를 시작한 지 5개월 정도가 지나자
집안일이 한결 쉬워졌다는 느낌을 받았다. 비울수록 마음
에 여유가 찾아온다는 미니멀리스트들의 말은 진실이었다.
기분 좋은 변화를 느끼며 새롭게 다른 것에 도전할 용기도
얻었다. 그 첫 시작은 '유튜브 콘텐츠, 나도 만들어볼까?'
하는 생각이었다. 그림 가능, 영상 편집 가능, 글쓰기를 좋
아함, 광고 내레이션 가이드 녹음 경험 있음. 그의 능력은
유튜브에 입문하기 딱 좋은 상태였고 무엇보다 미니멀리
스트가 되어 느낀 좋은 점을 콘텐츠화해 여러 사람들과 공
유하고 싶었다. 아직 비울 것도 한참 남아 있는 미니멀리스
트 꿈나무였으니, 보는 사람들과 함께 비워내고 성장하는
창이 될 수 있을 것 같았다.

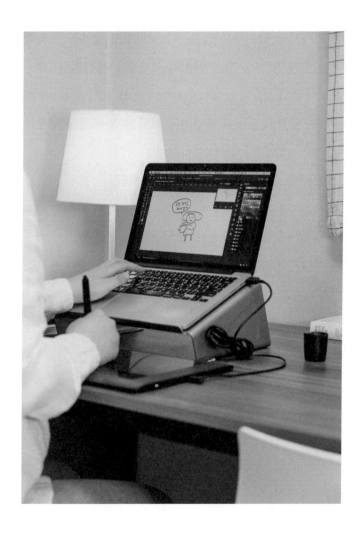

그가 올리는 영상의 길이는 대부분 5분 남짓이다. 동그란 얼굴, 우주선 모양 단발머리, 연두색 바탕에 빨간 스트라이프 무늬의 티셔츠를 입은 캐릭터가 자주 등장한다. 유튜브 채널 주인공으로 삼은 이 귀여운 일러스트는 영상 속에서 에린남 작가를 대변한다. 화면은 작지만 깔끔한 집, 알록달록 캐릭터의 일상이 교차로 흘러 산뜻한 느낌을 준다. 짧은 영상에 담긴 글은 담백하지만 신중하다. 그는 콘텐츠를 준비하며 미니멀 라이프가 무엇일까 매일 고민했고 때로는 한 발 더 나아가 실천하기도 했다. 어느 미니멀리스트의 말처럼 이것은 개인이 택한 삶의 한 유형이라기보다 '정체성'이었고, 그것이 점점 작가에게 깃들었다. 2020년 5월에는 1년간의 경험을 담아 단행본《집안일이 귀찮아서 미니멀리스트가 되기로 했다》를 출간했다.

"누가 시킨 일도 아닌데 콘텐츠를 만들면서 많은 것들이 바뀌었어요. 제 스스로 생각하고 결정하고 또 노력하면서 성향까지 조금씩 변하더라고요. 근데 그게 너무 마음에 들고 동시에 너무 다행인 거예요. 남편은 원래 깔끔하고 물

건에 욕심이 없는 사람이라 둘의 관계도 좋아졌어요. 지금
은 어떻게 하면 더 비울 수 있을지를 함께 고민해요."

지금 부부는 한국에 들어와 산다. 도시에 12평짜리 아
담한 아파트를 구했고 필요한 물건만 고심해서 채우는 과
정을 콘텐츠에 담았다. 이 영상은 조회 수 100만 회를 넘겼
다. "좋지는 않지만 좋아하는 집에 살게 되었다"는 그는 매
일같이 자신의 공간을 들여다본다. 그럴수록 더 가뿐한 삶
이 찾아오리라 믿기 때문이다.

미니멀 라이프는 나를 알아가는 과정

에린남 작가는 텔레비전 보는 것을 무척 좋아한다. 소
파에 앉아 좋아하는 프로그램을 보고 있노라면 행복감이
밀려온다. 큰 화면에 사운드까지 빵빵한 텔레비전을 남에
게 자랑하고 싶을 때도 있다. 그런데 '랜선 집들이'라는 이
름으로 그의 집을 공개하자 '집만 작다고 미니멀리스트냐'
'무슨 미니멀리스트가 텔레비전도 있고 청소기도 있느냐'

와 같은 비난의 댓글이 등장했다.

"사람들이 고정적으로 떠올리는 미니멀 라이프는 거실에 텔레비전이나 소파를 없애고 테이블 하나만 들여놓는 경우가 많죠. 그런데 곰곰이 생각해봤어요. 소파가 없으면 나는 어디서 쉬지? 컴퓨터 모니터로 보는 것보다 텔레비전이 난 더 좋은데? 저는 제 생활에서 이 물건들이 있는 게 더 좋다고 판단했어요. 나 좋으라고 하는 미니멀 라이프잖아요. 가장 위험한 게 나의 성향을 제대로 파악하지 못하고 남들 기준에 맞춰 사는 거라고 생각해요. 그러면 미니멀 라이프를 지속할 수 없어요. 버렸던 물건을 다시 사게 되고, 금세 그 생활에 질려버리고. 그래서 저는 미니멀 라이프가 나를 알아가는 중요한 과정인 것 같아요."

토스터 하나로도 나의 성향 일부분을 알 수 있다. 내가 빵을 꼭 토스터에 구워 먹어야 하는 사람인지 아닌지를 알지 못하면 무작정 SNS에 돌아다니는 값비싼 토스터를 집에 들이게 되는 것이다. 만약 그 후에 본인이 프라이팬에 빵 굽는 걸 더 선호하는 사람이라는 게 판명나면 토스터 위

에 먼지가 소복이 쌓이거나 훨씬 밑도는 가격으로 중고 시
장에 내보내야 한다. 세상에 그런 물건들은 수도 없다. 반
면 그는 집안에 있는 모든 물건을 낱낱이 파악하고 있다.
그렇기 때문에 새로운 물건을 들이려는 생각보다 어떻게
하면 있는 물건을 더 유용하게 쓸 수 있을지를 고민한다.
당연히 물건들과의 관계도 점점 깊어진다. 삶의 패턴이 바
뀌면서 어쩔 수 없이 포기해야 하는 물건도 생기지만 어쨌
든 물건은 함께하는 동안 제 역할을 다한다.

    "저는 요즘 중고 거래 애플리케이션 들여다보기를 좋
아해요. 뭘 사려고 한다기보다 왜 사람들은 이 물건을 샀
는지, 왜 되파는지가 궁금해서요. 보면 이사 문제로 나오는
물건들이 참 많아요. 사람들은 이사를 가면 모든 것을 바꾸
는 모양이에요. 요즘 인테리어 관련 유튜브 콘텐츠를 보면
이런 제목들이 많아요. '내 취향을 가득 담은 집.' 근데 사실
내 취향은 그렇게 쉽게 살 수 없거든요. 자세히 들여다보면
그냥 유행하는 품목들인 거죠. 눈에 자주 띄는 것을 본인의
취향이라고 착각하면 결국 유행이 지났을 때 모두 중고 시

장으로 직행하겠죠."

　에린남 작가도 싫증이라면 누구 못지않은 사람이다. 하지만 순간의 싫증을 물건으로 대체하는 삶은 이제 끝냈다. 대신 최적의 배치를 찾아 몇 개 없는 가구를 이리저리 옮기고, 좋아하는 달력 그림을 벽에 붙이고, 남편이 재봉틀로 만들어준 커튼을 이리저리 바꿔 달며 재미를 찾아간다. 옷 취향도 이전과는 많이 달라졌다. 알록달록한 색을 좋아하는 그였지만 당대 최신 트렌드 옷을 입은 옛 사진을 보고 깜짝 놀란 뒤 이제는 기본 아이템을 고수한다. 그러다 보니 무엇과도 잘 어울리는 옷 몇 벌만이 남았고, 외출할 때도 스타일 걱정이 없어 편안함을 느낀다.

　두 부부는 하나의 옷장을 한 칸씩 나눠 그 안에 사계절 옷을 다 넣는다. 지금도 작지만 더 작고 완벽한 옷장을 꿈꾸는 그는 오늘도 옷장을 찬찬히 들여다본다. 그런데, 여기서 궁금한 점 한 가지. 옷을 좋아해서 못 비우는 사람은 미니멀리스트가 될 수 없을까?

　"옷만은 포기하지 못하는 미니멀리스트가 있을 수 있

죠. 다만 진짜 옷을 좋아해서 포기 못하는 것인지는 생각해
봐야 하는 문제 같아요. 옷이 걸린 행거가 무너지고, 무슨
옷이 있는지도 모르고, 다 구겨져 있다면 진짜 옷을 좋아한
다고 할 수 있을까요?"

주도적이고 자유로운 삶으로

에린남 작가는 이제 비우기보다는 시간을, 삶의 전반적
인 자세를 생각한다. 무작정 시작했지만 미니멀 라이프는
자신의 인생에서 많은 부분을 바꿨다. 가장 큰 수확은 남의
말에 휘둘리기보다 주도적인 삶을 지향하게 된 점이다. 그
리고 타인의 험담을 거의 하지 않는다. 자신이 선택한 삶이
소중하니 남이 선택한 삶도 당연히 소중하다고 여기게 됐
다. 사람을 겉모습으로 판단하지 않고 매력을 발견할 수 있
는 눈이 생긴 것이다. 쉬운 일인 것 같아도 있는 그대로 상
대를 존중하는 일은 난해한 덕목이다.

자연의 삶 역시 존중한다. 세제를 대체할 소프 너트(soap

nut) 열매를 사용하고, 대나무 칫솔을 선택하거나 고기를 줄이려는 노력도 시작했다. 건강한 먹거리로 간단하지만 정성스레 요리해 먹으려는 노력은 스스로의 삶과 시간을 더 건강히 하려는 시도다.

"집안일이 가뿐해지면서 이제 시간이 제 눈앞에 펼쳐진 게 느껴져요. 제가 하고 싶은 일에 집중할 수 있는 시간, 나 자신에게 가장 잘해줄 수 있는 시간들. 그건 자유로움에서 온다고 생각해요. 그래서 요즘 제 꿈은 진짜 자유로운 사람이 되는 거예요. 아직도 완벽하지 않은 소비 욕구에서 자유로워지고 싶고, 쓸데없는 고민을 하지 않는 상황을 만들어가며 더 가벼워지고 싶어요."

미니멀리스트가 되기 이전을 생각하면 늘 어두운 아우라가 떠오른다는 그는 미니멀 라이프를 '빈 문서'라고 표현했다. 깨끗해서 설레고 자유로운 상상을 맘껏 펼칠 수 있는. 그처럼 누구나 자신의 일상 앞에 빈 문서를 띄운다면 지구와의 공존도 산뜻하고 자유롭게 시작할 수 있을 것이다.

> 물건을 비울 때
> 스스로에게 던지면 좋은 질문 5가지

에린남 작가는 몇 개월간 한창 물건을 비우다가 어느 순간 비우는 일이 어려워졌다. 판단력이 흐려졌을 때 스스로에게 던진 질문이 있다. 비울까 말까 고민이 되는 물건 앞에서 던진 5가지 유형의 질문은 꽤 유용했다. 작가처럼 여백과 개운함이 묻어나는 공간, 마음에 드는 삶의 공간을 만들고 싶다면 참고하자.

1. 나에게 필요한 물건들, 아직도 부족하다고 느끼는가?

빈 공간을 물건이 부족한 공간이라고 느낀다면 소비로 이어질 가능성이 높다. 또 꽉 찬 옷장을 두고도 새로운 옷 앞에서 구매를 망설이는 일도 부지기수다. 그럴 때 이 질문은 이미 충분한 자신의 물건을 되짚어볼 계기가 된다.

2. 미련이 남아서 비우지 못하는 것은 아닌가?

이루지 못한 소망이나 꿈에 관한 물건들이 있다. 주로 언젠가는 도움이 될 것이라며 남겨두는 경우가 많은데, 선명하지 않은 미래를 향한 미련과 집착임을 깨달았다면 과감히 비우는 것이 좋다. 그래야 순간에 더 집중하게 되고, 마음의 빈자리에 또 다른 희망을 채울 수 있다.

3. 같은 아이템을 다시 사지 않을 것을 장담하는가?

해변에서만 입을 수 있는 옷처럼 일상생활에서 입지 못하지만 필요한 아이템이 있다. 무작정 물건을 비우고 싶은 마음에 비웠다가 후회하는 경우도 많다. 자주 쓰지는 않지만 다시 살 것만 같은 느낌이 든다면 이 질문을 되뇌며 후회할 일을 줄여보자.

4. 나를 위한 물건인가, 남을 위한 물건인가?

'이건 왜 샀지?' 하는 물건이 반드시 있다. 내 취향도 아니면서 남의 시선을 의식해 구입한 물건인 경우다. 에린남 작가는 이 질문을 통해 화장품이나 장식적인 물건의 양을 줄였는데, 결국 스스로를 위한 물건만 남아 더 편안한 일상을 보낼 수 있게 됐다.

5. 이 물건을 보고 있으면 마음이 편한가?

보고 있으면 마음이 불편해지는 물건의 특징은 값비싸지만 자주 사용하지 않고, 처분하기도 번거로워 떠안고 있는 물건이다. 가진 것만으로 기분 좋아지는 물건도 넘치는데 굳이 그 물건을 가지고 있어야 할까? 아깝다는 생각을 버리고 강하게 마음먹고 처분해보자.

#4

채식의 다채로움을 만나다

언뜻 보면 노란 꽃이 핀 것도 같고
하얀 홀씨가 소복이 쌓인 것도 같았던 땅 사진들.
그 예쁜 땅 깊숙한 곳에 사실은
조류 인플루엔자나 구제역을 막으려고
살처분한 닭과 돼지가 묻혀 있다고 했다.

일상을 회복하는 요리 。

interviewee
신소영
(마하키친 셰프)

　　　　　　지인들에게 공공연히 얘기해온
내 꿈은 작은 식당 겸 술집을 여는 것이다. 오랫동안 함께
살았던 홈메이트 언니와 짝짜꿍이 맞아 우리 집은 늘 서로
의 친구들로 북적였는데, 그때 자연스럽게 누군가를 해 먹
이는 즐거움, 차리는 즐거움을 알았다. 당시 다니던 첫 직
장에서는 새벽까지 일을 하는 경우가 많았다. 덕분에 배운
것도 많지만 나로서는 극한의 경험이었다. 그때는 2007년
영화 〈카모메 식당〉을 자주 떠올렸다. 아직도 심심하면 틀
어놓는 영화인데, 영화를 본 사람이라면 누구나 기억할 정
도로 인상적인 대사가 나온다. 일본인이지만 핀란드에 홀
로 정착해 소박하고 평화롭게 식당을 운영하는 주인공 사
치에에게 또 다른 주인공 미도리는 말한다. "사치에 씨는

하고 싶은 일을 하고 살아서 좋겠어요." 그러자 사치에가 대답한다. "하기 싫은 일을 하지 않을 뿐이에요."

퇴사 이후에도 나는 첫 직장에서 배운 일을 이어가며 먹고 산다. 때때로 재미도 보람도 느끼지만 가끔 "이거 말고 딴 거!" 하고 외치는 병이 도질 때면 여지없이 요리하는 내 모습을 상상한다. 재료를 손질해 건강하게 밥상을 차리고 누군가와 함께 나눠 먹으면 나도, 세상도 어디든 제자리를 찾아갈 것만 같다. "하지만 막상 본업이 되면 무척 힘들 거야, 그치?" 하고 묻자 친구가 격하게 고개를 끄덕인다.

마하키친 신소영 셰프는 뒤늦게 요리를 배우기 시작했다. 문화 예술계에서 일하며 기운이 모조리 빠졌을 때 내린 결정이었다. 허무함과 무기력 한가운데에 놓인 그에게 새로 시작한 요리는 스스로 만들 수 있는 작은 세계였다고 한다. 서툴렀지만 자신이 창조한 결과물이 뚜렷했고 그것을 사람들과 나누는 시간은 온전했다. 사람들을 먹이는 일을 통해 스스로가 꽤 괜찮은 사람이라는 생각도 들었단다. 신소영 셰프에게 요리는 일상의 회복이었다.

과도한 중력에서 살아남기

그는 처음에 예술가를 지원하는 일을 했다. 보람은 있었지만 자유롭게 자신을 표현하는 예술가들을 볼 때면 부러웠다. 그러던 중 정권이 바뀌며 예술가 부당 해고 사태가 벌어졌다. 사람들과 노조를 결성하고 적극적으로 행동에 나설 만큼 큰 사안이었지만 끝내 해고를 막지는 못했다. 그는 조직 눈 밖에 났고 결국 회사를 나왔다. 이후 지역 아트 센터를 만드는 작업에 몰두해 오랫동안 참여했지만 한 개인의 잇속 때문에 계획은 무산되고 말았다. 그다음으로 아이들을 대상으로 예술 교육을 기획하는 일에 종사했다. 하지만 이 역시 권력자의 입김으로 갈피를 잡지 못한 채 자주 흔들렸다.

좌절의 연속, 그 어려운 환경에서도 그는 퇴근하고 요리하는 일상을 놓지 않았다. 결국 요리가 그를 과도한 중력에서 구해냈다. 요리를 주제로 시작한 블로그는 소통 창구도 되어줬다. 그 무렵 그는 '서로 다른 분야에서 일하는 사람을 만나야 더 좋은 해결책을 내릴 수 있다'는 주제의 예

술 경영 연구에 참여하고 있었는데, 다소 독특한 연구임에
도 완전히 꽂힌 상태였다. 그래서 그는 스스로에게 '그다
음 경력이 반드시 이전과 같을 필요는 없다'는 가능성을 열
어뒀다. 나는 이 대목을 무척 공감하며 들었는데, 결괏값이
나와 다르기는 했다. 여전히 꿈만 꾸고 있는 나와 달리 그
는 과감하게 용기를 냈다. 그것도 머나먼 이국땅으로 유학
을 떠나기로 결정했다.

왜 늦은 나이에 요리를 배우는지, 그것도 왜 스페인으
로 떠나야 하는지 많은 사람들이 그에게 물었다. 요리를 꼭
그곳에서 배워야 할 이유는 뚜렷하게 없었다. 하지만 스페
인은 신소영 셰프에게 충분히 친숙한 나라였다. 대학에서
스페인어를 전공하며 연수를 다녀오기도 했고 더 이전으
로 거슬러 올라가면 중학교 때 오랫동안 스페인 친구와 펜
팔을 나눴던 기억도 있다.

"막연한 동경일 수도 있지만 그 나라 문화를 무척 좋아
했어요. 현지에 가면 먹고사는 모습을 보게 되잖아요. 관찰
자의 입장이라 그 일상을 더 왜곡해서 볼 수도 있지만 제가

속한 곳에서는 찾아볼 수 없던 여유가 그들에게는 보이더
라고요. 출근해서 오전 11시쯤 되면 커피를 마시러 나가고,
점심도 여유를 두고 즐기고, 집에서 밥을 먹고 오기도 하고
요. 저녁에는 삼삼오오 나와서 타파스 바에서 노는 그런 모
습이 아마 되게 부러웠던 모양이에요. 그렇게 자연히 그 사
람들이 먹는 음식에도 관심이 갔어요."

　짧게 요약한 스페인 사람들의 일상을 나도 모르게 머릿
속으로 그려봤다. 금세 부러워지고 말았다. 괜찮은 삶을 판
단하는 기준이 꼭 쉬고 노는 것만은 아니지만, 조급함이 적
은 물리적인 여유는 타인이나 자연을 돌아볼 여지를 마음
한 공간에 만들어준다. 그만큼 결정은 어렵지 않았다. 서른
둘, 그는 주저하지 않고 스페인으로 떠났다.

미식을 즐기는 바스크 지방 사람들

　신소영 셰프가 공부한 곳은 루이스 이리사르 요리학교
(Escuela de Cocina Luis Irízar)다. 언젠가 그가 잡지에서

보고 기억해둔 곳이다. 어학연수 시절 잠시 살았던 마드리
드 다음으로 좋아하는 바스크 지방, 주도 산 세바스티안에
자리하고 있다. 바스크 지방은 스페인의 북쪽이며 프랑스
와 인접해있다. 스페인에서도 독특한 지역으로 꼽히는데,
서유럽 사람들이 아닌 우리와 비슷한 아리안(1500년 무렵
인도, 이란에서 이주한 민족) 혈통이며 언어도 다르다.

　이곳은 미식의 나라로 알려진 스페인에서도 가장 맛있
는 고장으로 손꼽힌다. 서울 면적의 10분의 1인 데다 인구
도 약 20만 정도밖에 되지 않지만, 리옹·교토와 함께 단위
면적 대비 미쉐린 가이드에 오른 레스토랑이 가장 많은 도
시로 소개된다. 한류가 흐르는 칸타브리아 해변에서는 신
선한 해산물이, 청정한 피레네 산맥에서는 양고기와 치즈
와 버섯이, 비옥한 토양을 자랑하는 나바라 평원에서는 풍
성한 농산물이, 인접한 라리오하 지역에서는 풍미 깊은 와
인이 만들어진다.

　"이 지역에 되게 재밌는 문화가 있어요. 초코(txoko)라
는 모임인데 음식을 둘러싼 사교 모임이에요. 식당처럼 생

긴 공동 주방에 모여 함께 요리를 해먹고 이야기를 나눠요.
심지어 은행에 줄을 서서 기다리는 동안에도 끊임없이 음
식 얘기를 해요. 그들에게는 음식을 먹는 게 마치 영화나
공연을 보러가는 것 같은 여가 활동인 거죠. 재밌죠?"

이처럼 바스크 지방 사람들은 먹는 일이 삶의 중심에
있다. 그러다 보니 지역 축제에서도 초코 길드가 요리사 복
장으로 대거 나와 행진을 하고, 요리사가 개회를 선포하기
도 한다. 바스크 지방에서 요리사는 아주 중요하고 각광받
는 직업이다.

신소영 셰프가 늦깎이 학생으로 입학한 요리학교의 창
립자 '루이스 이 리사 르 옹'은 바스크 지방 요리 업계를 대
표하는 인물이다. 1930년 쿠바 아바나에서 태어나 파리 로
열 몽소 레스토랑, 런던 힐튼 호텔 등 최고의 요식업 중심
지에서 요리사로 활동했다. 1970년대에 지역 휴양지인 산
세바스티안을 미식의 성지로 끌어올리는 데 중요한 역할
을 했고, 1993년에 자신의 이름을 딴 요리학교를 설립해
수많은 요리사를 전 세계 곳곳으로 배출했다. 이곳에서 신

소영 셰프는 학교의 방침대로 하루 반은 수업을 듣고, 반은
레스토랑 실전에 투입돼 경험을 쌓았다. 입학 당시 나이가
많아 모든 과정을 잘 참고 졸업할 수 있을지 모르겠다는 학
교 측의 우려에도 불구하고 그는 2년 과정을 무사히 마치
고 한국에 돌아왔다.

좋은 재료만으로도 충분하다

SNS 알고리즘 덕분에 '마하키친'을 알게 됐다. 단순히
맛있어 보이는, 맛있게 느껴지는 요리를 하는 게 아니라 의
미 있는 요리를 소개하는 것 같아 좋았다. 그게 모두 스페
인 요리였다는 것은 뒤늦게 알았다. 한동안은 그런 가게가
있다는 사실조차 까맣게 잊고 지냈다.

Maja Kitchen의 '마자'가 '마하'로 읽힌다는 사실을 알게
된 것도 작은 우연이었다. 언젠가 마르쉐 장터에 들른 날,
아주 작은 부스를 차려 놓고 혼자 가만히 손님을 기다리고
있는 주인장 모습이 나를 이끌었다. 비건용 알리올리 소스

와 채소로 만든 강아지 간식을 산 날, 그가 건넨 작은 종이
를 집에 와서 읽으며 알아차렸다. 종이에는 비건용으로 만
든 스페인식 소스인 알리올리로 감자 샐러드를 만드는 방
법이 적혀 있었다. 왠지 따라 해야 할 것만 같아 그대로 만
들었더니 엄청 맛있는 요리가 완성됐다.

마하는 스페인어로 '친절한', '좋은 사람'이라는 의미다.
마하키친이라는 이름을 지으며 그는 주변에서 나는 제철 재
료로 사람들이 편하게 만들 수 있는 스페인 요리를 선보일
생각에 설렘을 느꼈다. 스페인에서 공부하며 가장 크게 깨
달은 점 또한 재료에 관한 철학이었다. 그가 생각하는 스페
인 요리의 저력은 다양하고 좋은 재료를 쉽게 구할 환경이
갖춰졌다는 것, 좋은 재료를 먹고자 하는 사람들의 요구가
높다는 점이다.

"스페인에서는 신선한 버섯을 굽거나 맛있는 토마토에
질 좋은 올리브유와 소금만 뿌려서 내도 맛있고 근사한 메
뉴가 돼요. 원재료의 맛을 잘 살린 요리가 좋은 요리라는
사실에 모두 공감하고 있어요. 근교 농부들은 레스토랑에

직접 방문해 채소 맛을 선보이는데, 그래서 더 신선하고 자연에 가까운 요리를 접할 수 있어요."

신소영 셰프는 스페인 요리의 그런 면에 큰 영감을 받았다. 좋아하는 사람들과 요리로 마음을 나누는 과정이 재미있어 시작한 일이기에 신선한 재료로 건강하게 요리해야 한다는 마음가짐은 당연한 원칙이었다. 그는 마하키친이라는 이름으로 팝업 식당을 운영하고 식당의 메인 셰프로도 일하며 접시에 계절의 섬세한 변화를 담았다. 계절마다 가장 풍성하고 맛있는 것이 무엇인지 느끼고 직접 고민해 요리하니 삶이 더 다채로워졌다.

"자연과 내가 연결되어 있다는 감각을 예전보다 더 생생히 느껴요. 주변 농장과 관계를 맺으면서 좋은 재료, 다양한 재료가 무엇보다 중요하다는 생각도 들고요. 많은 셰프들에게 영감을 준 책,《제3의 식탁》을 쓴 셰프 댄 바버는 레스토랑에서 쓸 재료를 직접 농가와 계약해 재배하고, 요리사들이 직접 농사에 나서기도 한대요. 책에서는 이런 식의 순환이 중요하다고 말해요. 재료의 다양성이 지켜져야 다양한 요리가 나오니까요. 우리나라도 마르쉐를 통해 이러한 움직임이 일어나고 있어요."

무엇을 요리할 것인가

그는 지난 연말, '탄소 줄이는 연말 식탁, 마하키친 토종쌀 채소 파에야 꾸러미'를 기획해 판매했다. 코로나19로 해외 어디에도 나갈 수 없는 상황이니 이국적인 음식을 직접 요리하며 그 기분을 만끽해보자는 취지였다. 단, 파에야에 흔히 들어가는 해산물이나 고기는 없었다. 1백여 종이 넘는 우리나라 토종쌀의 명맥을 지켜나가는 우보농장의 쌀 중 파에야에 가장 적합한 쌀을 추천 받고, 고기 대신 근교 농가의 신선한 채소를 준비했다. 향신료는 사프란 같이 멀리서 오는 것 말고 색도 향도 훌륭한 우리나라 치자를 사용했다.

두 번째로 기획한 꾸러미는 스페인식 크로켓인 크로케타스다. 원래는 하몽과 치즈를 넣어 녹진하게 만들지만 이

번에는 시금치와 비건 치즈만으로 만든 버전을 함께 내놓았다. 스페인에는 없는 버전이지만 스페인 요리 방식을 차용해 탄소 배출을 줄이는 레시피를 고민하는 게 요즘 그의 일상이다.

"지난해에 유기농 재배하는 포도 농장에 갔어요. 포도로 무슨 요리를 해볼까 하고 신나서 갔는데, 그럴 수가 없었어요. 포도를 감싼 종이를 열면 다 썩어 있는 거예요. 비가 많이 온 게 기후변화 때문이라는 것은 알았지만 직접 보니까 정말 참담했어요."

이뿐만이 아니었다. 매년 마하키친에서는 토마토를 직접 말려 만든 토마토 절임을 직거래 장터에 내놓았다. 하지만 지난해에는 판매할 수 없었다. 항상 거래하던 농장에서 토마토를 수확하지 못한 것이다. 신소영 셰프는 자신의 블로그에 이렇게 썼다. '1년 농사가 순식간에 물에 잠겨 헛수고가 되는 허망함을 곁에서 보았다. 바뀌지 않으면 요리하고 싶었던 것, 우리 가족이 먹고 싶었던 것을 앞으로는 마음껏 해볼 수 없겠구나.'

봉금의뜰 김현숙 농부의 추천으로 접하게 된 〈대지에 입맞춤을〉이라는 넷플릭스 다큐멘터리는 신소영 셰프가 나아갈 방향에 더 큰 확신을 줬다. '건강한 땅은 대기 중의 탄소를 땅으로 되돌려 보낼 중요한 열쇠'라는 메시지를 담은 이 다큐는 화학 비료를 사용하는 공장식 재배 대신 땅을 되살릴 자연 농법을 권한다. 그리고 세상에 등장한 주요 문명이 모두 대량 농업이 야기한 사막화로 무너졌다는 사실을 보여준다.

신소영 셰프를 비롯해 그와 연결된 많은 농부와 셰프들은 이를 토대로 다양한 토론을 벌인다. 그러면서 그는 사람들이 어떤 것을 먹고, 요리사가 어떤 재료를 택하느냐로 세상이 많이 달라질 수 있음을 깨달았다. 그래서 그는 미약하나마 당장 행동해야겠다고 생각했다. 그중 하나가 파에야와 크로켓 꾸러미였다. 채식주의자는 아니지만 사람들에게 건강하게 자란 채소만으로도 의미 있는 식탁을 만들 수 있다고 이야기하고 싶었다.

"예전에는 저도 재료보다 맛에 더 신경을 썼어요. 지금

은 축산업이 얼마나 환경에 해를 끼치는지 알기 때문에 완벽하지 않더라도 채소를 중심에 둔 요리를 더 자주 시도해요. '비건이 아닌데 비건 요리를 선보이는 일을 하는 게 과연 맞을까?'라고 생각하면 떳떳하지 못한 동시에 마음에 갈등도 많죠. 그래도 요리사로서 다양한 선택지를 만들 필요는 있지 않을까요?"

그는 오늘도 주변에서 쉽게 구할 수 있는 채소로 어떤 스페인 요리를 만들지 고민한다. 자연스럽게 일상에서 고기를 찾는 일이 줄었고, 환경에 관한 생각들을 개인 채널에서 천천히 이야기해 나간다. 누가 이런 얘기에 관심을 가질까 싶던 때도 분명 있었지만 다행히 그의 생각에 공감하는 사람들이 생각보다 많아서 힘이 난다.

대안적인 삶, 대안적인 요리

귀국 후 신소영 셰프는 파인다이닝 형태의 식당을 구상해보기도 했다. 하지만 요리사로 다양한 경험을 쌓으며 소박하고 대안적인 활동을 하는 쪽으로 자연스레 방향을 틀었다. '문토 생각하는 주방' 클래스나 마르쉐에서 진행하는 '씨앗밥상' 등에 참여하고 '그레잇테이블'처럼 사람들과 소통하는 즐거운 프로젝트를 만들며 요리를 구체화했다.

"저는 복잡 미묘하거나 고도의 요리를 할 수 있는 그런 사람은 아니에요. 하지만 요즘처럼 지구 문제가 급박한 세상에서 무엇을 요리하고 어떤 요리를 사람들에게 전해야 할까 자각하며 나아가는 사람이 되고 싶다고 늘 생각해요."

블로그를 통해 그는 가끔 어떤 선언이라도 하듯 마하키친의 방향성을 밝히는 글을 쓴다. 그 중심에는 요리를 통해 회복하는 삶과 자연이 있다.

"사실 작년 초까지 식당에서 일했어요. 지금은 일을 좀 줄이고 부모님이 계신 남양주로 옮겨 왔어요. 서울에서 조금 벗어난 것뿐인데도 숨통이 트인다고 할까요. 작은 텃밭에서 타임이나 딜 같은 허브들, 루콜라, 자색무나 수박무 같은 것도 키워요. 수확이 끝난 채소를 마주하는 것과 살아 있는 식물을 만지는 경험은 확실히 다른 것 같아요. 생명력

을 느낄 수 있어요."

그래서 마크로비오틱이라는 요리법에서는 제철 식물의 껍질부터 뿌리까지 섭취하는 요리를 제안한다. 식물이 지닌 모든 에너지를 섭취할 수 있기 때문이다. 신소영 셰프는 여기에 착안해 잘 쓰지 않는 부위까지 소진할 수 있는 요리에 도전하곤 한다.

"스페인식 볶음밥이라고 할 수 있는 파에야는 육수가 중요해요. 저는 보통 채소의 안 쓰고 남은 부분을 모두 넣어 채수를 내는데, 어느 날 보니까 채수를 내고 난 채소에도 맛이 남아 있더라고요. 곱게 갈아서 스프를 만들어봤어요. 맛있더라고요. 한번은 생강을 사는데, 농부님이 생강 대까지 가져다주시며 요리에 활용해보라고 하셨어요. 그게 다시 땅에 들어가 거름이 될 수 있으니 쓰지 않을 거면 도로 달라는 말도 덧붙이셨죠. 생강 대가 그렇게 큰 줄은 몰랐는데 레몬그라스 같은 향이 나서 허브처럼 활용했어요. 음식 쓰레기 문제가 심각하니까 재료의 모든 부분을 남김없이 사용하고, 먹는 방법에도 관심을 가져요."

　마르쉐 농부시장과 두물:뭍 농부시장 등에 참여하며 만들어 팔기 시작한 마하키친의 비건 계절 소스 역시 그런 활동의 일환이다. 몇 년 전 인천 구월시장에서 버려진 과일이 이룬 거대한 쓰레기 산을 보고 결심한 일이란다. 그는 시장에서 유통이 어려운, 조금 못생긴 채소와 과일을 활용해 텃밭 페스토와 당근 스프레드, 알리올리 소스 꾸러미를 만든다. 그리고는 종이나 유리병, 두부 주머니를 활용해 최소한으로 포장한다. 두부 주머니는 단단한 그릭요거트를 만들거나 치즈를 만드는 데 재사용할 수 있도록 안내한다. 자각도 못 한 채 비닐 포장재를 사용했다가 고객에게 지적을 받은 뒤로는 더 주의를 기울인다.

　마하키친에서 운영과 홍보, 대표를 맡고 있는 이는 동생이다. 단 둘이 꾸려가는 아담한 공간이지만 일상의 소소한 즐거움을 챙기기에는 딱 적당한 규모다. 엉망이 되어버린 건강과 자아를 요리로 회복해가던 그이기에, 번듯한 레스토랑을 운영하느라 밤낮없이 일하는 방향은 되도록 지양하려고 한다. 대신 그는 자신이 선택한 활동 하나하나가

사람들의 일상을, 그리고 자연을 회복하는 데 힘이 될 수 있다면 더없이 기쁠 것이라고 말한다. 의지와 상관없이 자꾸만 대안적인 삶, 대안적인 요리에 관심이 간다는 그는 먹을 게 넘치는 세상에서 잊히고 있는 먹는 행위 본연의 가치, 그 기쁨을 되살릴 수 있기를 진심으로 바라고 있다. 끝으로 그의 꿈을 물었다.

"지속할 수만 있으면 좋겠어요."

그의 대답에서 여러 가지를 짐작할 수 있었다. 과도한 중력 속에서만 돈을 벌 수 있는 기존 시스템을 거부하고도 지속하기를 바란다는 말인지, 아니면 기후변화로 요리까지 못하는 세상이 오지 않기를 바란다는 것인지 정확히 알 수는 없다. 그게 어떤 바람이든 반드시 이뤄지기를 응원할 뿐이다. 그것이 곧 나와 우리의 지속 가능한 삶이기 때문이다.

신소영 셰프가 제안하는
탄소 발자국을 줄이는 스페인 요리 2가지

가스파초(Gazpacho) 2인분

신선함을 잃은 채소들과 말라버린 빵을 활용해서 만들 수 있는 근사한 여름 수프. 불을 사용하지 않으니 화석 연료도 아낄 수 있다.

재료

물러 터지기 직전의 토마토 250g, 냉장고 어딘가 남은 채소들(양파 1/4개, 마늘 1/4쪽, 오이 50g, 피망 40g *마늘만 넣어도 괜찮음), 말라서 먹기 힘든 빵(바게트, 식빵 등) 1장, 와인식초 1.5큰술, 소금, 엑스트라 버진 올리브유 25㎖

만드는 법

1. 토마토는 8등분한다. 양파와 마늘, 오이, 피망, 빵도 비슷한 크기로 썬다.
2. 준비한 재료를 와인식초, 소금으로 버무려 뚜껑 있는 그릇에 담은 뒤 1시간 정도 냉장 보관한다.
3. 양념에 잰 2의 재료를 믹서로 곱게 간 뒤 올리브유를 조금씩 넣으며 섞는다. 소금으로 간해 완성한다.

토르티야 데 파파타스(Tortilla de Patatas) 지름 15cm, 1판

스페인의 어느 가정, 어느 타파스 바에 가도 존재하는 스페인식 감자 오믈렛 요리. 흔한 재료만으로도 스페인의 풍미를 낼 수 있고 수입 재료를 안 쓰니 탄소 발자국을 줄이는 데도 효과적이다.

재료

감자 500g, 양파 150g, 달걀 6개, 현미유 40㎖, 소금

만드는 법

1. 양파는 반으로 채 썰고, 감자는 나박 썬다. 감자는 물에 담가둔다.
2. 프라이팬에 현미유 20㎖와 양파를 넣고 약불에 볶다가 소금으로 간한다.
3. 양파가 익으면 남은 현미유와 소금 간한 감자를 넣고 볶는다.
4. 감자가 바닥에 눌어붙기 시작하면 생수를 100㎖ 정도 붓고 뚜껑을 덮어 증기로 감자를 익힌다. 주걱으로 눌렀을 때 부스러질 정도로 익으면 적당하다. 팬에 남은 기름을 그대로 둔다.
5. 달걀 푼 것에 감자와 볶은 양파를 넣어 소금으로 간한다.
6. 4의 프라이팬을 다시 달군 다음 5를 넣고 저어가며 익힌다.
7. 접시를 대고 뒤집어서 양면을 고루 익힌다.

80% 비건도 괜찮아 。

interviewee
양일수
(해크리에이티브 매니저)

점심으로 쑥 된장국에 렌틸콩 밥을 말았다. 쑥국은 멸치와 양파 껍질로 다시물을 내 끓였고 우엉조림, 김치, 달걀프라이를 반찬으로 곁들였다. 요즘은 저녁도 간소하게 준비한다. 양배추 썬 것과 두부, 달걀을 올리브유로 달달 볶다가 소금과 혼다시로 간한 반찬 같은 것들 말이다. 주중에 별다른 약속이 없다면 대체로 육류 없이 해산물과 달걀은 허용하는 페스코 채식을 한다. 주말이 오면 종종 빗장이 풀려 "치킨 먹자!"를 외친다. 가끔 육류를 허용하는 플렉시테리언으로 스스로를 정의하자니 너무 자주 찾기는 한다. 그저 육류를 적게 소비하려고 노력하는 한 사람 정도로 말하는 게 덜 찔린다.

당연한 식자재가 더 이상 당연하지 않게 된 건 2년 전쯤

이다. 소와 돼지, 닭이 좁고 비위생적인 공간에 갇혀 있다
가 짧은 생을 마감한다는 것은 얼핏 알고 있었지만 '자세히
알면 못 먹을 것 같다'는 마음에 오랫동안 현실을 외면해왔
다. 그러다가 지구와사람에서 일할 때 기후 문제와 축산업
이 크게 연관되어 있다는 사실을 알게 됐다. 이 문제를 바
로 볼 용기를 낸 결정적 계기는 문선희 사진작가의 작품과
글을 엮은 책《묻다》의 출간 기념회에 참석하면서다.

　그날은 작가의 사진전도 동시 진행했다. 언뜻 보면 노란
꽃이 핀 것도 같고 하얀 홀씨가 소복이 쌓인 것도 같았던 땅
사진들. 그 예쁜 땅 깊숙한 곳에 사실은 조류 인플루엔자나
구제역을 막으려고 살처분한 닭과 돼지가 묻혀 있다고 했
다. 때로는 몇 천, 때로는 몇 만 단위의 숫자가 사진 아래 적
혀 있다. 이 땅에 산 채로 묻힌 동물들 수라니 충격이 아닐
수 없었다. 꽃처럼 보였던 흰색과 노란색은 땅에 핀 곰팡이
였다. 동물을 살처분해 매몰한 땅은 오염되어 멀리까지 악
취를 풍긴다. 그런데 땅이 온전히 회복될 새도 없이 3년이 지
나면 여지없이 일반 용지로 사용 가능하다는 허가가 난다.

이런 땅에서 농사가 잘될 리 만무하다. 농산물이 애써 자랐다 해도 이 수확물을 먹은 사람들은 과연 안전할까. 동물이든 사람이든 식물이든 모든 존재가 고통을 겪어야 하는 일이 축산업이라는 생각이 그때 처음 들었던 것 같다.

무조건 비건이 되어야만 했다. 모든 육류와 유제품, 해산물을 배제하며 2~3개월을 살았다. 이때 채식 제품을 처음 경험했고 어떻게 해야 이전과 가까운 식사를 이어가며 육류를 끊을 수 있을지 고민했다. 심지어 채식 요리를 배워야겠다고 결심했을 정도다. 아쉽게도 급한 열정은 오래 가지 못했고 점점 허용 범위가 넓어졌다. 자책과 반성이 이어지던 시기에 친구가 수업에서 단편 영화를 만들었다고 했다. 제목은 〈비건 어게인〉. 재치 있는 제목에 까르르 웃고 말았는데, 친구가 덧붙였다. "언니, 괜찮아요. 실패해도 계속 다시 하면 되지 않을까요?" 실패했지만 마음만은 계속 채식주의자이고 싶은 나를 어느 범주에 넣어야 할까? 양일수 매니저는 이런 내게 '80% 비건'이라는 매력적인 비전을 제시했다.

비건이 대체 뭔데?

"비건이 대체 뭔데?" 만 4년차 비건 양일수 매니저가 세
계 각지에서 모인 비건들에게 질문했다. 때는 2017년, 장
소는 프랑스 파리였다. 그는 군대를 제대하고 떠난 유럽 여
행에서 워크어웨이(Workaway)로 구한 한 가정집에 2주간
머물렀다. 워크어웨이는 여행객이 노동을 제공하는 대가로
숙식을 해결할 수 있도록 호스트와 연결해주는 플랫폼이
다. 모집 공고에도 엄연히 '비건'이란 단어가 적혀 있었다.
다만 그 개념을 전혀 몰랐던 양일수 매니저는 일하는 동안
숙식을 해결해준다는 말이 마음에 들어 지원했다. 그렇지
않아도 여행 중 정크 푸드만 내리 먹느라 힘들어하던 차였
다. 단순히 '건강한 음식을 제공하는 곳인가 보다' 정도로
이해했기에 한편으로는 잘됐다 싶은 마음이었다.

"그런데 며칠 지나면서 뭔가 이상하다고 생각했어요.
먹는 음식이 온통 채소나 곡물뿐인 거예요. 그래서 바로 물
었죠. 아니, 너네는 고기도 안 먹고 대체 왜 맨날 이런 것만
먹느냐고요. 그랬더니 주인아주머니를 비롯해 그곳에 머물

던 모든 친구들이 당황하며 쳐다보더라고요. "너 글을 제대로 못 봤구나. 여긴 비건 하우스야." 그래서 또 물었죠. 아니 대체 그게 뭔데 이렇게 먹느냐고요. 그때부터 많은 이야기가 시작됐어요."

그날 저녁, 양일수 매니저에게 새 세상이 열렸다. 호주, 이집트, 슬로베니아 등 다양한 국적을 가진 또래들은 온전히 채소 바탕의 음식만 먹는 철저한 채식주의자였다. 처음 경험하는 라이프 스타일 앞에서 '비건'의 정의가 무엇인지, 왜 그런 삶을 선택했는지 이유가 몹시 궁금해졌다. 그는 그날 밤늦도록 사람들에게 질문했다.

"환경에 관한 이유도 있고, 동물권 관련 이유도 있고… 모두들 자기만의 확고한 이유를 갖고 채식을 시작했더라고요. 호주나 이스라엘 같은 나라에서는 이미 이 문화가 일반적이라는 거예요. 이야기를 종합해보니 결론은 채식을 실천하는 일이 지구에 이롭다는 거였어요. 갑자기 머리를 한 대 얻어맞은 기분이었죠. 아, 이런 게 있구나, 이런 세상이 있구나."

양일수 매니저는 그렇게 또래들을 통해 이질감 없이 새
로운 문화를 받아들였다. 한국에 가면 뭘 하든 비건 생활
은 무조건 시작해야겠다고 결심하면서. 솔직히 말하면 그
는 자연이나 환경에 대한 감수성이 민감한 편은 아니었다.
환경 문제를 처음으로 진지하게 생각한 계기 또한 개인적
인 이유였다. 미국 대학에서 교환 학생으로 중국에 갔을 때
를 예로 들었다. 그때 사귄 여자친구는 대학에서 환경 관련
공부를 하고 있었는데, 그는 늘 텀블러를 챙겨 다니고 자연
속으로 놀러가는 일상을 좋아했다고 한다. 매일 3개 정도
쓰레기를 줍는 것도 그 친구만의 오랜 습관이었다. 그저 좋
아하는 사람의 세계관 정도로만 치부하던 모습들은 서서
히 그에게 스며들었다.

당연하지 않은 권리

비건에 대해 처음 들은 그날, 그에게 가장 충격으로 다
가온 사실은 동물권이 아닌 축산업이 가져온 환경오염과

기후변화였다. 그래서 긴 유럽 여행을 마치고 돌아와 6개
월 정도 채식에 관한 책과 다큐멘터리를 보며 공부했다. 보
면 볼수록 많은 사람들이 이걸 실천해야 한다는 확신이 들
었다. 책을 사서 주변에 선물하며 채식의 중요성을 이야기
했고, 2017년 당시 아직 국내에 한 줌 정도밖에 없었던 채
식인들 모임에 나가며 비건의 정체성을 더욱 확고히 했다.
그의 부모님은 아들의 결정을 있는 그대로 존중했다. 특히
어머니는 채식 관련 책을 읽고 한동안 비건 식생활에 참여
하기도 했다.

　그렇다고 그의 비건 선언에 주변 반응이 항상 달갑기만
했던 것은 아니다. 나 역시 약 3개월의 짧은 비건 생활 동안
자칫하다 쓰러지면 어쩌냐는 엄마의 걱정 어린 잔소리를
자주 들었다. 15년차 페스코 채식인인 내 친구는 임신 중
에도 당연히 식생활을 바꾸지 않았는데, 그의 어머니는 내
심 걱정이 컸던 모양이다. 아이가 풍성한 머리숱을 뽐내며
건강하게 태어났을 때 "우리 딸이 고기를 안 먹고도 건강
한 아이를 낳았다"며 여기저기에 자랑을 했다는 후일담도

있다. 이처럼 채식인에게는 늘 영양에 대한 염려가 뒤따른
다. 하지만 올바른 채식은 오히려 훨씬 건강한 몸을 만들어
준다. 이는 완전한 비건 식생활을 유지하면서도 강도 높은
운동을 소화하는 선수들이 몸소 입증하고 있다.

축산업의 폐해, 육식이 환경에 미치는 영향을 주변에
이야기하면서 양일수 매니저는 간혹 주변 사람들과 갈등
을 겪기도 했다. 사고 전환이 빠르게 일어났던 만큼 그의
마음이 다소 급했기 때문이다.

"그때 도덕적인 우월감에 가득 차 있었던 것도 사실이
에요. 나는 대의를 위해 이 삶을 선택했고 지구에 미치는
악영향을 이렇게 다 이야기하는데도 왜 비건을 선택하지
않는지 이해가 가지 않았거든요. 당장 변화하길 강요한 거
죠. 그런데 어떤 문제든 아무리 논리적으로 설명해도 결국
마음으로 느껴야만 변화가 오잖아요. 스스로 알아보는 일
련의 과정을 겪고 제대로 이해하는 과정도 필요하고요. 생
각해보니까 저도 인식이 트는 과정이 있었고 변화하기까
지 지난한 과정을 겪었더라고요. 깨닫고 나서 많이 유연해

졌어요. 저는 저대로 꾸준히 삶을 살고 누군가 질문하면 답
을 해주고 있죠. 그 과정으로 누군가 변한다면 고마운 일이
죠. 더 이상 강요하지 않아요."

당시에 사람들은 그에게 "네가 뭔데 내 식생활에 참견
하느냐, 그건 사생활 침해다"라는 식의 이야기를 유난히 많
이 했다. 고기를 먹을 권리가 당연히 있다는 것이다. 하지
만 이 부분에 대한 그의 생각은 여전히 강경하다.

"개인의 선택은 물론 존중해야 하지만 고기를 먹을 권
리가 당연하다고 생각하지는 않아요. 오히려 고기를 먹는
행위는 많은 사람들이 배불리 먹을 수 있는 환경, 공중보
건, 깨끗한 환경을 누릴 권리 같은 것들을 침해하는 셈이니
까요."

실제로 축산업은 인간이 발생시키는 전체 온실가스 중
18%를 차지한다. 지구상의 모든 자동차, 트럭, 기차, 비행
기 탄소 배출량을 합친 것보다 더 많은 온실가스를 배출하
는 기후 파괴적 산업이 바로 축산업이다. 가축이 자랄 땅
을 마련하기 위해서는 푸른 숲을 밀어야 하거니와 이미 전

체 농경지의 70%를 이 산업이 차지하고 있다. 그러나 여기서 생산되는 고기는 전 세계 열량의 18%에 지나지 않는다. 반면 나머지 30% 경작지에서는 전 세계 열량의 82%가 생산된다. 물 부족을 초래하는 것도 심각한 문제다. 햄버거 하나를 만드는 데는 약 680ℓ의 물이 필요한데, 이는 우리가 두 달 동안 샤워하는 데 쓰는 물의 양과 비슷하다. 이처럼 알면 알수록 가만히 있을 수 없는 문제가 비건 이슈다. 2018년 양일수 매니저는 육식의 문제점을 더 많이 알리기 위해 그가 평소 즐겨듣던 팟캐스트에 채널을 오픈했다.

드롭 더 비트? Drop the Beet!

두둠칫 리듬을 타는 비트(Beat)가 아니라 속이 빨간 건강 뿌리채소 비트(Beet). 그가 오픈했던 팟캐스트 채널 이름은 '드랍더Beet'다. 매주 채식인들을 만나 인터뷰하는 이 프로젝트를 진행하며 그는 다양한 사람들을 만났다. 채식계의 스타 셰프로 꼽히는 천년식향 안백린 셰프와 방송에서 종횡무진 활약하는 전범선 뮤지션도 참여했다. 채식을 소재로 한 팟캐스트가 국내에 전무하기도 했지만, 소수 민족처럼 변방에 존재하던 채식인들은 작은 개인의 움직임에 으쌰으쌰 동참하며 이 문화를 전파하기 위한 노력을 이어갔다. 1년여 동안 채널을 운영하며 인터뷰한 채식인은 약 40명. 일주일에 한 명씩 만난 셈이다. 이 채널을 통해 지금 그가 프로젝트 매니저로 근무하고 있는 '해크리에이티브'의 공동 창업자와 인연을 맺었다.

해크리에이티브는 지구 친화적이며 지속 가능성 브랜드, 커뮤니티, NGO를 위해 일하는 에이전시로 브랜딩과 마케팅, 콘텐츠 제작, 교육 등 다양한 서비스를 제공한다. 주로 지속 가능성 브랜드의 국내외 론칭을 돕는다. 현재는 홍콩의 사회적 벤처 기업 그린먼데이가 한국에 잘 안착할 수 있도록 돕고 있다. 비틀즈 멤버였던 폴 매카트니와 그의 자녀들이 2009년 처음 시작한 고기 없는 월요일(Meat Free Monday) 캠페인이 전 세계에 긍정적인 영향을 미친 것처럼, 그린먼데이 창업자인 데이비드 융 역시 환경을 위해 고기를 줄이자는 취지로 2012년 홍콩에 사회적 벤처를 창업했다. 그린먼데이 캠페인은 전 세계 33개국으로 확산되었고 홍콩에서는 160만 명이 월요일마다 채식을 실천한다. 그린먼데이 산하 육류 대체 식품 브랜드인 옴니포크는 아시아 시장에서 가장 소비가 많은 돼지고기 대체 식품을 출시 중이다. 양일수 매니저는 이처럼 해외는 물론 국내 환경 친화적 브랜드를 위해 일하며 채식 문화가 확장되고 안착할 수 있도록 노력하고 있다.

여기까지 듣고 나니 어느 우연한 여행이 한 사람의 삶과 지향을 완전히 뒤바꾼 것 같다는 생각도 든다. 그에게 이렇게 말했더니 실제로 삶의 거의 모든 부분이 바뀐 것 같다고 했다. 먹는 게 변했고, 이를 통해 만나는 사람이 변했고, 별다른 꿈 없이 단순히 국내 대기업에 취직해 살아가고자 했던 사람이 지구 환경에 이로운 사람이 되자는 굵직한 방향으로 새 그림을 그렸다. 하지만 최근 그의 생각에 빨간불이 켜졌다. 과연 이대로 지속할 수 있을까 하는 의문과 힘든 마음이 스멀스멀 피어올랐다.

"솔직히 조금 지쳐요. 나 하나 실천한다고 해서 뭐가 바꿜까 싶은 부정적인 생각이 자꾸 드는 거예요. 그렇다고 비건을 갑자기 때려치울 수는 없잖아요. 제가 이걸 선택한 이유가 분명하고 지켜가고 싶으니까요. 그렇다면 제가 실천하는 방식을 바꿔야 한다고 생각했어요."

채식은 도장 깨기가 아니다

채식에는 완전 채식인 비건부터 유제품이나 달걀까지는 허용하는 락토오보 채식, 해산물까지 먹는 페스코 채식, 닭고기까지 허용하는 폴로 채식 등 다양한 종류가 있다. 흔히 나는 이를 단계라 불러왔는데, 양일수 매니저는 "저는 유형이라는 말을 더 선호해요"라고 덧붙였다. 단계라는 말은 비건이 결국 가장 우위에 있다는 분위기를 풍기기 때문이다. 실제로 그런 느낌 때문에 완벽하지 않지만 채식을 지향하는 나 같은 유형도 남들 앞에서 말끝을 흐리곤 한다.

"저도 처음에는 100% 비건만이 유일한 기준이라고 생

각했어요. 그만큼 남한테도 엄격했죠. 하지만 환경적인 타
격이 가장 큰 사회 사안인 지금, 그보다 중요한 건 시스템
이라고 생각해요. 비건을 지치지 않고 장기적으로 실천할
수 있는 틀을 구축하는 게 먼저라는 거죠. 그래서 떠올린
게 '80% 비건'이에요."

양일수 매니저가 본인의 블로그에 쓴 '비건 재정비'라
는 글을 보면 그가 얼마나 지쳐 있었는지를 실감하게 된다.
적어도 25년간 먹었을 고기를 하루아침에 끊은 지 2년이
지났을 무렵 과연 이걸 유지할 수 있을까 의심하며 남모르
게 라면을 슬쩍, 쌀국수에 딸려온 새우나 달걀을 슬쩍 먹었
다. 물론 모두 비밀에 부쳤다. 완벽한 비건인 척해야 하는
자신의 모습 앞에서 떳떳하지 않았고, 이런 마음으로는 더
이상 지속할 수 없다는 걸 알았다. 그래서 5년차로 접어든
최근에는 스스로를 위해 정식으로 조치를 취했다. 20% 정
도만 힘을 빼보기로 마음먹은 것이다. 결과는? 아직까지는
꽤 만족 중이다.

"80% 비건이면 난이도가 10에서 8로 떨어질 거라고 생

각했는데, 4~5 정도까지 떨어지더라고요. 이건 정말 남는 장사죠. 가수 요조 씨가 기고한 어느 글을 보면 '채식주의자지만 고기를 좋아합니다'라고 쓰면서 뭘 먹으러 갔을 때 고기가 딸려오면 '이게 웬 떡이냐' 하면서 먹는대요. 저랑 똑같아서 너무 웃겼어요. 가끔 그렇게 고기를 먹을 거면서 왜 80% 비건이라고 이름을 붙였느냐, 그건 플렉시테리언이라고 표현해야 하지 않느냐 지적할 수도 있어요. 하지만 이제 더 이상 저는 어떤 유형이나 단계에 얽매이고 싶지 않아요. 채식은 평생 해야 하는 거니까 내가 무엇을 할 수 있는지, 어떻게 더 줄일 수 있는지 생각하고 그때그때 맞추는 게 각자에게 더 의미 있지 않을까 생각합니다."

하루 세 번의 투표, 나 하나로 뭔가가 바뀐다!

한국채식연합은 현재 국내 채식 인구를 150만 명 정도로 추산한다. 양일수 매니저가 느끼기에도 처음 채식을 시작한 2017년과는 채식을 받아들이는 분위기가 크게 다르다. 채식

레스토랑이나 디저트 가게가 곳곳에 늘고 있고, 소위 콩고
기라 불리던 1세대 육류 대체 식품을 뛰어넘는 2세대 브랜
드가 전 세계 트렌드를 타고 한국에도 상륙했다. 〈맛있는 녀
석들〉이라는 예능 프로그램은 2015년 사찰 음식 편에 이어
2021년에 채식 특집을 다시 한 번 진행했다. 채식 파인다이
닝에서 선보이는 다채로운 요리를 소개하며 채식에 대한 편
견을 깰 수 있도록 도왔다. 〈윤스테이〉라는 프로그램은 어
떤가. 촬영 중 비건을 위한 음식을 같이 준비하는 세심함이
묻어난다. 채식은 이제 채식인만 먹는 음식이 아니라 누구
나 가까이에서 즐길 수 있는 메뉴로 급부상 중이다.

"특히 제도권의 변화가 놀라워요. 군대에서도 이제 채
식 식사를 제공하기 시작했어요. 학교 급식에도 채식의 날
이 도입되고 있는 추세예요. 울산, 대구, 인천을 비롯해 많
은 교육청이 이를 실시하고 있죠. 한 달에 한 번만 하다가
일주일에 한 번으로 빈도를 늘리려는 움직임도 있더라고
요. 배달 애플리케이션에도 채식 카테고리가 생겼어요. 굉
장히 고무적인 일이죠."

기후위기를 넘어 이제 기후재앙이라고까지 표현하는 세상에서 나 하나만으로는 무력하다고 생각하기 쉽다. 하지만 살아 있는 존재로서, 내가 바뀌지 않으면 누가 바뀌겠나 생각하면 문제는 의외로 간단하다. 나는 힘이 있는 존재인 것이다.

"매일 우리는 세 번의 식사를 하잖아요. 어찌 보면 세상을 바꿀 수 있는 세 번의 투표인 거죠. 제가 얼마 전에 기후 전문가인 조천호 박사님의 강연을 들었는데, 우리에게 남은 시간은 7년이래요. 이후 일어날 엄청난 위기를 막을 수 있는 기회의 시간이죠. 우리가 바뀌어야 할 이유에 그것 말고 뭐가 더 있을까요?"

탄소를 포집하는 방법이 곳곳에서 제기된다. 기후변화는 기술로 해결할 수 있다는 이야기도 많다. 이런 이야기에 양일수 매니저는 일침을 가했다.

"그건 어떻게 보면 문제를 좁게 보는 것 같아요. 기술로 일단락해도 사람들이 살아가는 방식을 근본적으로 바꾸지 않으면, 환경을 위해 내가 어떤 소비를 줄여야 하는지를 받아들이지 않으면, 이런 문제는 언제든 다시 발생할 수 있다고 생각해요."

끝으로 그에게 꼭 바라는 점이 무엇이냐고 물었다.

"한국이 채식하기 쉬운 환경이 되었으면 좋겠어요. 해외에서는 채식 메뉴가 하나쯤 끼어 있는 경우가 많아요. 채식인 배려 차원이기도 하지만, 그 메뉴 하나로 비채식인과 어울려 가기 좋은 식당이 되거든요. 레스토랑 입장에서도 더 많은 손님을 유치하기 좋은 옵션이 아닐까요?"

양일수 매니저와 그의 영국인 아내는 나와 사진작가에게 채식 피자와 두부로 만든 치킨, 병아리콩 샐러드와 코코넛버터 쿠키를 대접했다. 마음이 뿌듯해지는 근사한 한 끼 식사였다. 혹시 지금 마음이 움직였다면 돌아오는 한 끼, 고기 없는 한 그릇을 준비해보면 어떨까.

주목받는 식물성 고기, 어디까지 왔나

양일수 매니저는 일을 하며 수많은 육류 대체 식품을 경험했다. 그는 채식을 고민하기 시작한 사람들에게 대체 식품은 채식으로 진입하는 데 꽤 좋은 대안이 된다고 말한다. 미국의 비욘드미트, 임파서블 푸드가 본격적으로 쏘아 올린 육류 대체 푸드테크 시장은 점점 확장 추세다. 그 때문인지 고기 제품을 생산하던 국내외 대기업들도 식물성 고기 생산에 주력하기 시작했다. 그중 양일수 매니저가 좋다고 꼽는 제품 몇 가지를 소개한다.

언리미트(Unlimeat)

식물성 고기를 개발하고 유통하는 국내 푸드테크 스타트업 지구인컴퍼니가 만든 브랜드다. 생산하는 과정에서도 폐기 처리 제로를 지향하는 이 기업은 소고기를 재현한 버거 패티와 구이용 슬라이스, 바비큐 등을 판매한다. 그중 추천하는 고기는 슬라이스다. 불고기 양념으로 조리하면 일반 불고기와 아주 가까운 맛을 느낄 수 있다.

옴니포크(OmniPork)

그린먼데이의 육류 대체 식품 브랜드. 아시아의 돼지고기 사랑을 충족시킬 만한 식물성 고기를 만들어내는 데 집중해 다양한 식물성 돼지고기 제품을 출시한다. 가장 최근에는 런천미트를 겨냥한 제품을 출시했는데, 거의 완벽하게 재현했다는 반응이 이어지고 있다. 옴니포크는 2021년 4월에 국내 출시될 예정이다.

비욘드미트(Beyond Meat)

2009년에 설립한 회사로 2012년부터 제품을 출시했다. 식물성 소고기뿐 아니라 닭고기, 돼지고기 소시지 제품까지 두루 갖추고 있는 이 기업은 코로나19 사태 이후 더욱 급부상했다. 국내에서는 동원F&B를 통해 비욘드비프와 비욘드소시지 제품이 출시됐다. 양일수 매니저는 비욘드비프를 그냥 패티로 구워먹기보다 으깬 뒤 향신료와 버섯 등을 함께 버무려 미트볼처럼 만들어 먹어볼 것을 권한다. 훨씬 부드러운 풍미를 경험할 수 있다.

Chapter 03.

RECYCLE

순환하기

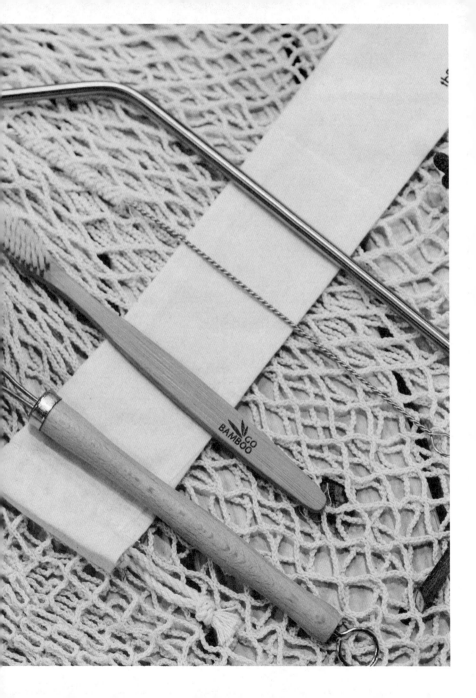

#5

로컬의 힘을 믿는다

몇 천 년을 이어온 인간의 공동체적 삶에
우리의 미래가 달려 있다.
그런 점에서 작은 동네의 움직임은
더없이 소중하다.

동네 카페의 무게 。

interviewee
한성원, 최경주
(까페여름 공동 운영자)

시트콤 드라마 장르를 좋아한
다. 거기에는 늘 아지트 역할을 하는 특정 공간이 존재하
고, 각기 다른 개성의 캐릭터가 삶의 시름을 안고 하나둘
그곳 문을 두드린다. 나이와 성별, 직업 모든 상황은 다르
지만 하나의 공통점은 있다. 누군가와 연결되고 싶다는 마
음이다. 카페는 자주 그 무대가 된다. 도시 생활자들이 제
법 쉽게 발을 들일 수 있는 그곳에서 사람들은 어떤 식으로
든 관계 맺고 따뜻한 변화를 맞이한다. 주인의 취향을 바탕
으로 모여든 사람들은 그렇게 공간에서 안식을 얻는다.

　현실에서도 그런 장소를 찾고 싶었다. 하지만 커피를 마
시지 못하는 데다 어쩐지 쭈뼛거리는 어른으로 자라난 나에
게 딱 맞는 공간을 찾는 일은 도무지 쉽지 않았다. 이런 나

에게 서로를 모르는 두 명의 친구가 각각 '까페여름'을 아느냐고 물었다. 그곳 팬임을 자처하는 친구들에게 이유를 물었더니 잘 설명하지는 못했다. 그냥 좋다는 것이다. 호기심이 일어 까페여름 소셜 네트워크 계정을 찬찬히 살폈다. 작은 공연과 전시가 열렸고 여럿이 모여 영화 상영회를 한 뒤 이야기를 나누기도 했다. 누군가 손으로 만든 수공예품을 가게 한 편에 진열해 파는 모습도 보였다. 이 작은 동네 카페는 이렇게 6년 동안 커뮤니티 공간으로서 묵묵히 자리를 잡았고, 취향이 깃든 장소이자 지역 상권으로 공간을 찾는 사람들에게 언제나 선한 영향력을 미치고 있다. 까페여름의 두 운영자를 만났다.

그들이 사는 곳

까페여름이 있는 서울 남가좌동은 아직 옛 동네의 정취가 남아 있다. 지은 지 오래인 낮은 주택과 좁은 골목, 낡은 간판들, 작은 재래시장과 그 옆으로 흐르는 홍제천. 이들이

어우러진 풍경은 시간의 흐름을 느리게 붙잡는다. 시내로
조금 더 나가면 젊은이로 북적이는 연남동과 홍대다. 홍대
앞을 주 무대로 삼던 젊은 예술인들은 치솟는 월세를 감당
하지 못해 점점 변방으로 밀려 자리를 잡았는데, 남가좌동
도 그중 하나다.

　　까페여름이 생긴 것은 2014년 1월이다. 겨울에 생겼는
데 왜 이름은 여름이냐, '까페'와 '여름'을 같이 불렀을 때 느

낌이 좋았기 때문이다. 좋아하는 계절도 아니었다. 하지만 여름에 숲이 울창해지듯 까페여름은 개성을 가진 다양한 사람들의 방문으로 늘 풍성했다. 어떤 뚜렷한 철학이나 목적의식으로 시작한 카페는 아니었다. 다만 사람들이 편하게 쉬었다 가는 공간, 종종 재미난 일이 벌어지는 공간이 되길 바랐다.

조용한 골목에 자리한 까페여름에 도착해 문을 열었다. 현대식 건물 1층이었는데도 작은 나무 오두막에 들어온 듯 아늑하고 가만한 기분이 들었다. 카페 안 책장은 그들이 좋아하는 소설과 에세이, 사회과학 서적으로 가득했다. 한성원 운영자는 원래부터 그림을 그렸고, 최경주 운영자는 이전에 책 편집 일을 했다. 애초에 헌책방을 열고 싶었지만 현실적인 문제로 결국 카페를 택했다. "우리가 좋아하는 책 많이 갖다 놓자." 책방을 하고 싶던 마음은 그렇게 간단히 해결했다. 두 운영자는 이 공간에서 자신들이 좋아하는 일을 조금씩 벌이기 시작했다. 단골손님의 사진전을 열기도 하고 음향 장비 없는 음악 공연을 열기도 했다.

때마침 벽 한 편에는 운영자의 오랜 친구인 이수민 작가 그림이 전시 중이었다. 전시 타이틀은 〈그들의 고향〉이고 동물을 주제로 한 그림들이다. 우리나라 동물 카페, 펫 숍, 체험 학습장에서 사육되는 야생 동물이 그들의 원래 서식지에서 살고 있는 모습으로 섬세하게 그려 있다. 우연히 대형 마트에서 친칠라가 거래되는 것을 보고 시작한 작업이라고 한다. 유대하늘다람쥐, 제넷, 북극여우, 미어캣, 라쿤 등 보호종으로 지정되지 않아 사람들 간에 활발히 거래되는 작고 귀여운 동물들이 그림 속에서는 우리나 마트가 아닌 고향의 자연 속에서 물을 먹거나 나무에 오른다. 까페여름에서 이수민 작가 그림을 전시한 것은 이번이 처음이 아니다. 그는 도시에서 생활하는 동물들의 낮과 밤을 그린 적도 있다. 그의 작품은 까페여름을 방문하는 손님들에게 동물은 물론 자연을 생각하는 시간을 갖게 했다.

그림 작가인 친구들 작품전 외에도 운영자가 보고 싶은 영화를 골라 상영회를 열기도 한다. 거기에 한 친구가 '여름극장'이라는 멋들어진 이름을 붙여줬다. 사회적인 문제를 알리는 영화나 잘 알려지지 않은 독립 영화, 다큐멘터리도 상영했고 가장 최근에는 그린으로 포장한 기업의 실체를 다룬 〈위장 환경주의〉라는 영화를 상영했다. 노동절에는 가게 문을 닫은 뒤 문에 노동절 축하 메시지를 남기고 거리로 나섰다. 이렇게 그들은 자신들의 소신과 취향을 가게에 슬며시 녹이며, 다가오는 이들에게도 우리가 살아가야 할 형상을 넌지시 제시한다.

다양한 가치관을 주고받는 공간

"기억에 남는 하루가 있어요. 아주 평범한 아침이었는데, 나이도 성별도 직업도 다른 이들이 각자 할 일을 하고 있는 풍경이 갑자기 눈에 들어왔어요. 출근 한 시간 전에 들러 숨을 고르고 가는 분도 있었고 개인 작업을 하는 분도 있었는데, 그게 너무 좋은 거예요. 같이 뭘 하는 게 아니라도 각자의 삶이 있는 익명의 사람들이 시간을 공유하는 자체가요. 어쨌든 사람들이 그렇게 마음 놓을 공간을 우리가 꾸려가고 있다는 게 정말 좋구나 싶었어요."

지금 까페여름 자리는 이사한 공간으로, 처음 문을 연 곳은 홍제천변 바로 앞 4평짜리 가게였다. 테이블을 한두 개밖에 놓을 수 없는데도 좋아해주고 찾아주는 사람이 많았다. 운 좋게 옆 설비 가게가 비어 확장하고 그곳에서 4년을 운영하다가 이 자리로 이사했다.

"처음에는 별 생각 없이 운영했어요. 내가 마음에 드는 공간을 만들고 거기서 뭔가를 하면 사람들이 좋아하고… 그런 순서로 생각했어요. 근데 4년이 지나고 보니 저희가 만든 게 아니더라고요. 저희는 그냥 전혀 완성되지 않은 마치 '시작'과 같은 공간을 운영했던 거고, 곳곳에 남은 유무형의 것들은 사실 여기 들렀다 가신 손님들이 채웠더라고요. 그걸 너무 늦게 깨달은 거예요."

까페여름은 그만큼 손님들과 다양한 가치관을 주고받았다. 사회 운동을 하거나 예술 활동을 하는 손님들, 그러니까 짙은 철학을 가진 사람들이 많이 다녀갔다. 두 운영자는 그들이 동의하는 문제에 대해서는 기꺼이 배우고 변화했다.

모두를 포용할 수는 없었지만 적어도 신중히 받아들인 가
치관은 더 깊이 이해하고 배워가려 애썼다.

"공연이나 영화 상영 같은 행사를 치르고 나서 다시 원
래 카페 공간으로 되돌릴 때 찾아오는 충만함이 있어요. 같
이 배우고 느끼고 공감하는 시간이 너무 좋은데, 그때마다
이런 행운을 누려도 되나 싶어요."

카페는 어찌 보면 돈을 내고 커피와 차를 마시는 지극히
사적인 공간일 수 있다. 하지만 두 사람은 이곳이 엄연히 사
람들이 다녀가는 사회적 공간임을 인식하고 있다. 그래서
공간을 위한 작은 선택에도 늘 신중을 기했다.

"저희 같은 경우는 운 좋게도 이제는 친구가 된 손님들
에게 그간 외면하고 있던 사회 문제에 대해 질문을 많이 받
아왔고 그만큼 생각할 기회가 많았어요. 별 것 아닌 작은 동
네 카페지만 공간을 운영하는 사람으로서 책임감 같은 것도
조금 생긴 것 같고요. 하지 말아야 할 것, 좀 더 고민해야 할
문제들이 계속 생길 수밖에 없죠. 최대한 스스로 반성하고
좋은 방향으로 나아가려 해요."

고마운 이웃 덕분에

도시에서 카페는 어디서나 발견할 수 있는 대중적인 공간이다. 그 공간이 만약 이들처럼 자그마한 사회적 책임 의식을 가지기 시작한다면 동네는, 나아가 사회는 어떻게 변할까 궁금했다. 그에 대한 생각을 물었다.

"카페가 어떠한 모습이어야 한다고 말할 수는 없는 것 같아요. 공간들은 저마다 운영하시는 분들의 이유가 있고, 그걸 필요로 하는 사람들이 있으니까요."

2019년부터 까페여름은 테이크아웃용 일회용 컵을 사용하지 않기로 했다. 작은 카페의 경우 매출에 치명타를 입을지도 모를 선택이지만, 이것이 가능하도록 도와준 이웃이 있다. 바로 옆 동네인 연희동에서 카페 겸 제로 웨이스트 숍 '보틀팩토리', '보틀라운지'(이하 '보틀팩토리'로 통일)를 운영하는 정다운·이현철 대표다. 일회용 컵 없는 카페 시스템이 가능했던 것은 이 귀한 이웃의 깊은 고민이 빛을 발했기 때문이다.

"보틀팩토리를 만나기 전에는 정말 어찌할 바를 몰랐어

요. 일회용 컵과 빨대가 쌓이는 속도도 빠르고 그걸 봉투에
매일 채워 넣어 버릴 때 정말 괴롭거든요. 가정에서 제가
쓰고 버린 쓰레기를 치울 때와는 전혀 다른 느낌이에요. 별
의별 생각을 다 해봤어요. 까페여름 전용 텀블러를 만들까
고민도 했는데, 일회용 안 쓴다면서 굳이 카페 로고가 박힌
텀블러를 대량으로 새로 찍어낸다는 건 또 말이 안 되는 것
같았어요. 마침 그때 보틀팩토리를 만났죠."

　보틀팩토리는 한창 붐이 일 듯 제작된 텀블러를 떠올리
고 각 가정에 의미 없이 쌓여 있는 텀블러가 쓰임의 소명을
다할 수 있도록 곳곳에 기부를 제안했다. 개인 용기가 없는
테이크아웃 손님들은 이 텀블러를 일회용 컵 대신 받아 커
피를 마셨다. 이들이 빚은 색다른 발상은 보틀팩토리에서
우선적으로 실험한 뒤 점차 확대됐는데, 연희동 일대에서
열린 제로 웨이스트 행사 '유어보틀위크'가 그 계기였다. 이
기간 동안 텀블러 공유 시스템을 접한 몇몇 카페들이 연대
하기 시작한 것이다. 까페여름 또한 이 시스템에 영감을 받
아 자체적으로 텀블러 대여 방식을 구축했다. 외부로 나간

텀블러를 카페 앞에 놓인 회수 통에 넣어 반납하는 형태다.

언젠가 서울 청계천변의 한 공터에 약속이나 한 듯 다 마신 일회용 컵을 차곡차곡 쌓아 놓는 모습을 본 적이 있다. 이 광경은 불편함을 넘어 기이하게 다가왔다. 근처 카페에 이러한 상황을 이야기했을 때 돌아온 반응은 사실 좀 사늘했다. 바쁜 직장인을 상대로 테이크아웃 전문점을 운영하는데다, 주변 경쟁에서 이기기 위해 1,500원짜리 값싼 커피를 빠르게 팔아야 하는 카페 입장에서는 일회용 컵 사용이 생존 자체와 연결된다는 거였다. 이 외에 다른 방법을 차용하기란 현실적으로 불가능에 가깝다.

2015년 기준 한국의 연간 비닐 사용 개수는 420개로 핀란드의 100배이며, 플라스틱 소비량도 벨기에에 이어 2위를 차지했다. 이 소비량이 카페 업계에도 그대로 적용되는 셈이다. 여러 카페에서 이와 같은 대답을 듣고 난 뒤라서인지 보틀팩토리가 고안한 방법이 얼마나 귀한 것이며, 이 시스템을 받아들인 다른 동네 카페들 또한 얼마나 어려운 선택을 했는지 짐작할 수 있었다. 이제 동네에는 '보틀클럽'

이라는 텀블러 공유 시스템이 자리를 잡았다. 보틀클럽에 가입한 회원이라면 참여 카페 어디서든 자유롭게 공유 텀블러 '리턴미 컵'을 대여, 반납할 수 있다. 텀블러에 부착한 칩으로 컵의 위치를 알 수 있고, 가게마다 비치된 아이패드 애플리케이션으로 컵이 손쉽게 순환하도록 했다.

까페여름은 현재 플라스틱 제품을 사용하지는 않지만 매장에 생분해가 가능한 종이컵을 조금 비치하고 있다. 가급적 대여 텀블러나 보틀클럽 공유 컵인 '리턴미 컵'을 손님들에게 권하지만, 멀리서 찾아온 경우나 대여 텀블러를 사용하고 반납하기 어려운 경우에는 이 종이컵을 간헐적으로 사용한다.

"저희는 테이크아웃 손님 비중이 큰 가게는 아니지만 매출에는 분명 차이가 있어요. 일회용 컵 대신 텀블러에 담아드린다고 하면 그냥 돌아가는 분도 있고요. 용기에 따라 커피 맛에도 차이가 생겨요. 맛있는 커피를 제공하고 싶은 카페 입장에서 텀블러 사용은 쉽지 않은 선택이 맞죠. 그런데 보통 매출이 많아지면 쓰레기도 함께 많아질 수밖에 없거든요. 결국 어떤 것에 더 비중을 두느냐에 따른 선택이겠지만, 지금은 플라스틱 쓰레기가 너무 심각하니까 저희는 동참하기로 결정했어요."

25만 명이 사는 독일의 작은 도시 프라이부르크 이야기가 떠올랐다. 이곳은 2016년부터 시 전체 카페 중 60%가 재사용 컵 활동에 동참하고 있다. 자신의 카페 이름을 컵에 새기는 대신 재활용 플라스틱으로 재사용, 공유가 가능한 '프라이부르크 컵'을 만들어 동네 카페를 순환하게 했다. 컵을 빌릴 때 내는 보증금 역시 동참하는 카페 어디서든 돌려받을 수 있다. 그러니 컵 회수율도 85%에 달한다. 보틀클럽의 시도는 이 사례를 닮았다.

외면하지 않을 용기

까페여름은 2019년 9월 보틀팩토리가 기획한 '유어보틀위크' 기간에 〈우리가 먹는 사이: 인간의 먹거리로서 동물은 어떻게 태어나고, 키워지고, 고기가 되는가〉를 주제로 공론장을 열었다. 유어보틀위크는 일정 기간 동안 연희동, 홍제천 일대의 다양한 상점에서 제로 웨이스트를 경험할 수 있는 행사다. 이 기간 동안 제로 웨이스트나 환경을 주제로 한 다양한 공론장과 체험 행사도 열린다. 까페여름은 평소 관심을 갖고 있던 채식과 동물권 이야기를 택했다.

"환경에 대한 제 관심은 채식에서 시작했어요. 그 고민이 동물권으로, 또다시 환경 문제로 확장된 거죠. 저희 둘 다 나서서 이야기하는 성격이 아닌데, '카페여름'이라는 공간이 조금이라도 도움이 되면 좋겠다 싶어 용기를 냈어요."

다큐멘터리 〈잡식 가족의 딜레마〉의 황윤 감독과 환경

과 자본, 채식, 동물권 등 다양한 분야에서 목소리를 내고 있는 레드북스 서점지기 숲이아가 발제자로 참여했다. 이 날 공론장에서는 밤늦도록 열띤 토론이 이어졌다. 최경주 운영자에게 이 공론장은 더 특별했다. 비건으로 향하는 계기가 되었기 때문이다. 이전부터 유연한 수준으로 페스코 테리언을 유지해온 한성원 운영자는 조금 더 엄격하게 비건을 실천하기로 마음먹었다.

이처럼 까페여름은 주도적으로 프로젝트를 제안하고 추진하지는 않더라도 무언가를 만들어 같이 하자고 손을 내미는 사람들과 이어지며 점점 더 용기를 낸다. 그렇게 마음을 연다. 독립 예술 창작 집단 다이아나랩과 창문 카페 별꼴이 2020년 봄에 새로 기획한 '차별없는가게'에 동참할 때도 주저함이 없었다. 장애인 인권에 대해 적극적으로 배웠고, 휠체어를 탄 장애인들이 가게에 스스로 드나들 수 있도록 경사로를 설치했다. 경사로는 차별없는가게 팀에서 디자인했다.

"저 경사로 설치만으로 부족하다는 것을 물론 알고 있

어요. 카페에 턱이 네 개나 있고요. 생각 못 했던 문제들이 너무 많지만 그냥 지나칠 수는 없죠."

한성원 운영자는 마음이 쓰이는 문제를 그냥 두는 것과 알고 행동하는 것에는 큰 차이가 있음을 다시 한 번 느꼈다. 부족함을 인정하고 어떻게 그것을 메울 수 있을지 고민하는 것, 그가 생각하는 공간 운영자의 책임은 이 지점이다.

"환경에 대한 문제도 마찬가지인 것 같아요. 알면 알수록 개인에게 책임을 지우는 기업과 정부가 무책임하다는 생각이 들고 한 개인으로 무력감도 느끼지만, 그래도 두고 볼 수 없는 문제니까 할 수 있는 걸 할 뿐이에요."

움직이고, 연결하는 동네

지난해 말, 유어보틀위크 행사에 참여했던 상점은 총 50개에 달한다. 보틀팩토리와 작은 상점들이 보여준 진심이 동네 마음을 움직인 것이다.

"시장 반찬가게 사장님이 그러시더라고요. 안 그래도

재활용도 안 되는 스티로폼 사용 때문에 마음이 불편하셨다고요. 아마 저희를 비롯한 많은 가게들이 그랬을 거예요. 그런데 정말 혼자 하기는 힘들잖아요. 이렇게 생각만 하고 있던 저희에게 누군가 손을 내밀고 또 기꺼이 참여할 수 있다면 너무나 감사한 일이죠."

보틀팩토리는 주변 가게들과 연합해 쓰레기 없는 장보기를 실현하는 '채우장'도 연다. 이렇게 홍제천 일대와 연희동은 '쓰레기 없는 소비'를 주제로 서로 연결된 감각을 잃지 않으려 한다.

언어학자이자 환경 운동가인 헬레나 노르베리 호지의 책《로컬의 미래》가 2018년 우리나라에서도 출간됐다. 무한 성장을 부추기는 세계화가 인간과 환경에 미치는 악영향을 경고하는 그는 생태적이고 지속 가능한 사회적 대안으로 지역화(localization)를 꼽는다. 명작으로 손꼽히는 전작《오래된 미래》에서는 '작은 티베트'라고 불리는 라다크 공동체가 글로벌 경제와 도시화로 어떻게 무너져가는지를 생생히 보여준다. 이 이야기로 저자가 전하려는 메시지는

생태 위기와 관계의 위기다. 이런 상황을 맞은 우리가 나아
가야 할 방향은 바로 작은 커뮤니티 중심의 공동체와 로컬
경제 회복이라는 것이다. 즉, 몇 천 년을 이어온 인간의 공
동체적 삶에 우리의 미래가 달려 있다. 그런 점에서 작은
동네의 움직임은 더없이 소중하다. 지역 친화적인 삶과 환
경적인 소비가 동네를 어떻게 바꾸는지, 흩어진 사람들을
어떤 식으로 연결하는지 가능성을 보여주기 때문이다.

　요즘 나는 온라인으로 아무리 이런저런 세상을 탐험해
도 결국 발을 딛고 있는 땅은 내가 속한 지역임을 깨닫는
다. 코로나19로 발이 묶여 본의 아니게 탄소 발자국을 줄
이고 있는 바로 지금의 삶 말이다. 지역화가 친화적이고 생
태적인 삶을 위한 계기가 된다면 약간의 희망을 품어도 괜
찮지 않을까. 내게 필요한 재화를 익명의 회사에 맡기지 않
고, 동네 상점에 들러 쓰레기 없이 물건을 사오는 일이 모
두의 일상이 된다면 지역 경제가 문제 될 일도 없을 것이
다. 까페여름처럼 올바른 생각을 함께 나누고 소외된 문제
를 같이 고민할 따뜻한 이웃이 생긴다면 도시 생활의 외로

움도 삽시간에 해결할 수 있을 것 같다.

대화가 거의 끝날 무렵, 한성원 운영자는 이 작은 동네의 변화가 고마운 이웃 덕분임을 다시 한 번 강조했다. '스스로 주도한 활동은 없다'는 말도 여러 번 덧붙였다. 나는 그때마다 누구나 무언가를 크게 주도하고 움직일 필요는 없지 않느냐고 답했다. 이렇게 문제의식을 가지는 것, 손을 잡아주는 사람이 나타났을 때 외면하지 않는 것, 바꾸려는 작은 노력을 실천하는 것. 그것이 보통의 존재들이 낼 수 있는 용기이고 누군가는 그 과정으로 큰 움직임을 시작할 수 있을 것이다. 끝으로 이들에게 앞으로 바라는 점이 무엇이냐고 물었다.

"마치 희망이 없는 것처럼 느껴지는 세상이지만 어쨌든 우리는 살고 있잖아요. 더 큰 단위의 정책들이 필요하겠지만 결국 세상을 바꾸는 건 지역의 작은 실천이라고 생각해요. 그래야 조금 더 나은 삶을 찾는 우리 같은 사람들이 더 많이 웃고, 외롭지 않게 연결될 수 있지 않을까요?"

조용한 듯 복작복작 일을 벌이는 까페여름이 앞으로 또

어떤 이야기로 공간을 채워갈지 알 수 없다. 팬임을 자처한 나의 친구들은 카페 구석구석에서 잔잔하게 건네는 말에 서서히 물들고 반응했던 것인지도 모르겠다.

    카페를 나올 때쯤 나에게도 그곳의 모든 사물이 특별하게 느껴졌다. 결코 가볍지 않은 카페의 무게를 체험했다. 집으로 돌아가는 길, 다시 까페여름의 SNS를 살피다 해묵은 사진 하나를 발견했다. '이 길을 지나는 모든 분들, 좋은 새해 맞이하시길 바랍니다.' 또박또박 써 내려간 새해 인사를 출입문에 붙인 두 운영자의 마음이 느껴졌다. 누구나 좋은 마음으로 삶을 살아가길 바라는 예쁨 때문인지 나는 다시 까페여름의 문을 열고 싶어졌다.

까페여름이 참여하는 동네 프로젝트

다목적 시장

2015년부터 손으로 이것저것 만드는 한성원 운영자의 친구들이 연희동 일대에서 매달 열어온 소박한 시장이다. 빵을 만드는 친구, 수제 잼과 소스를 만드는 친구, 도자 공예 그릇과 나무 공예 제품, 장신구 등을 만드는 친구들이 참여한다. 로스팅 카페로도 유명한 까페여름은 원두와 커피를 내려 판매한다. 포장 쓰레기를 최소화해 운영한다.

유어보틀위크 @yourbottleweek @bottle_factory

2018년부터 시작한 지역 기반 제로 웨이스트 페스티벌. 일정 기간을 정해 연희동, 홍제천 일대의 마트, 베이커리, 떡집, 쌀 상회, 카페, 반찬가게, 식당 등 50여 개 지역 상점에서 일회용품 없이 물건을 사볼 수 있다. 평소 제로 웨이스트의 일상을 꿈꿨다면 행사 기간을 잘 확인해 개인 용기로 물건을 사는 느낌을 경험하고 습관화해보자.

채우장 @chaewoojang

채소나 곡물, 세정제, 참기름, 원두나 음식 등을 개인 장바구니와 주머니, 용기, 빈 병에 담아 갈 수 있는 제로 웨이스트 마켓. 보틀 팩토리 1층과 지하에서 비정기적으로 열린다. 플라스틱 없는 장 보기가 가능하다.

대체 물품과 업사이클에 주목하다

죄책감은 친환경적인 삶을 살기 위해
노력하는 사람들에게 가장 큰 적이라고.
실패해도 또 도전하면 된다는 사실을
더 많은 사람들이 받아들였으면 좋겠다고.

제로가 아니어도 괜찮아 。

interviewee
송경호
(더 피커 공동 대표)

내가 내 몸을 위해 가장 먼저 바꾼 생활용품은 생리대다. 어릴 때부터 아주 오랫동안 당연히 사용해온 일회용 생리대가 생리 불순, 생리통, 호르몬 이상 증세를 일으킬 정도로 유해하다는 사실을 알게 되자 덜컥 겁이 나고 배신감이 들었다. 그간 겪은 증상들이 필름처럼 지나갔다. 그날로 천 생리대를 주문했다. 금세 포기하게 될 거라는 주변의 반응처럼 귀찮아서 포기하고 싶던 때도 있었지만 때마침 등장한 신문물인 생리컵을 동시에 사용하며 정착했다.

그렇게 다소 노동 집약적인 영역에 도전해 성공하고 나니 내가 입고 먹고 바르는 모든 것들에 관심이 갔다. 그 무렵 '제로 웨이스트'라는 개념을 알게 됐다. 편리함을 추구하느라 자원을 낭비하는 행위들이 결국 자연과 자연에 속한 내 몸을 해친다는 것을 깨달았다. 하지만 안다고 해서 모든 것을 바꿀 수는 없었다. 샴푸와 설거지 세제, 샤워 세제는 고체 비누로 교체했지만 식초와 린스 바는 좀처럼 적응되지 않았다. 아무렴 머릿결이 부들부들해지는 트리트먼트를 포기하기 힘들었던 것이다. 박스를 풀고 정리하는 과정을 귀찮아하는 탓에 장을 볼 때는 장바구니와 소창 주머니를 가지고 다니지만, 그래도 쓰레기를 버릴 때면 한 짐이 나온다. 그러면 나는 또 '과연 내가 제로 웨이스트라는 말을 써도 괜찮은가?' 하는 의문이 든다. 종종 반찬그릇을 들고 떡볶이를 사러 가지만 챙기지 못한 날에는 눈을 질끈 감고 사버린다.

정리하자면 나는 내 멋대로 제로 웨이스트 라이프를 산다. 레벨로 따지자면 저 밑 어딘가에 위치할 거라고 확신한다. "아니, 저는 그런 완전한 실천가는 아니고요…" 하면서 스스로 작아져 물러나고야 마는 사람이 나다. 불행 중 다행이라면 완전히 포기할 생각은 없다는 것. '에라 모르겠다'

는 마음으로 되돌아가기에는 도전하고 실패해도 조금씩
바뀌나가는 지금의 생활 패턴이 훨씬 마음에 든다. 이전보
다 더 건강해졌다는 느낌이 들어서다. 국내 최초 제로 웨이
스트 숍 '더 피커'를 운영하는 송경호 대표도 이야기한다.
죄책감은 친환경적인 삶을 살기 위해 노력하는 사람들에
게 가장 큰 적이라고. 실패해도 또 도전하면 된다는 사실을
더 많은 사람들이 받아들였으면 좋겠다고.

쓰레기를 갖기 싫었던 사람

   더 피커를 알게 된 건 2017년 초, 그들이 성수동 어느
주택가에 매장을 차리고 약 1년이 지났을 무렵이다. '이런
곳이 다 있네' 신기한 마음에 SNS 채널을 팔로우했을 뿐인
데 일상에서 기존 플라스틱 제품을 대체할 수 있는 다양한
물품을 알게 됐다. 당시에는 곡식이나 채소 등 식료품을 살
수 있는, 그로서리(식료품점)와 레스토랑을 결합한 그로서
란트(grocerant) 형태로 선보였는데, 이것이 날것으로 파는

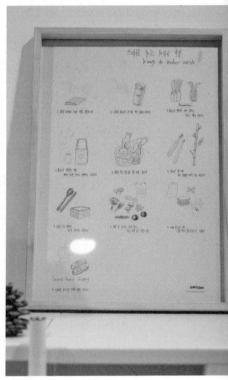

식재료를 모두 소모할 수 있는 유일한 방법이었기 때문이
다. 스테인리스 빨대나 자연 수세미, 소창 행주나 주머니,
유리나 스테인리스로 된 다회용기 같은 생활용품도 제법
종류가 다양했다. 그들이 찍어 올리는 사진은 항상 예뻤고,
당장이라도 주머니에 곡식을 담아오고 싶은 마음이 들었
다. 그때부터 조금씩 봉지 없이 장 보는 연습을 시작했다.
구입한 과일을 장바구니에 넣으면 조금은 마음이 편했다.

　더 피커에 실제로 방문한 것은 그보다 1년 뒤. 생각보다
더 조용한 주택가에 자리하고 있었고 내부는 상상 그대로
였다. 자연에 해가 가지 않는 물건들이 서로 어우러져 자연
스러웠다. 그때부터 나도 이런 무해한 매장을 곱게 운영하
고 싶다는 꿈을 꿨는데, 송경호 대표를 만나 이야기를 들으
며 환상이 와장창 깨졌다. 현실은 녹록치 않았다.

　"2015년부터 준비했는데 이게 과연 될까 싶었어요. 당
시에 '제로 웨이스트 숍'이라는 개념이 유럽과 미국에서는
이미 널리 퍼지고 있었지만 국내로는 잘 넘어오지 않는 상
황이었거든요."

"오, 블루오션이었네요"라고 말한 내 반응은 이내 무색
해졌다. 도무지 쉽지 않은 길을 그가 걸어왔다는 생각이 들
었기 때문이다. 국내 최초로 생긴 포장 없는 가게는 세무
서에서조차 어떤 업종으로 분류해야 할지 알지 못했다. 진
짜 제로 웨이스트 숍이 되려면 그것을 생산하고 옮기는 과
정 또한 친환경적이어야 했고, 자연에 해가 가지 않는 최소
한의 포장만 필요했다. 그는 이 조건에 부합하는 상품을 찾
느라 백방으로 뛰었다. 식재료부터 생활용품에 이르기까지
맞아떨어지는 회사가 있으면 몇 백 군데라도 다 전화를 돌
렸다. 그러면서 점점 '이런 불모의 상황에서 과연 시장성이
있는 사업인가' 하는 생각이 들었다. 친구들은 고개를 갸웃
했고 누군가는 미친 짓이라 말했다. 막상 겪어보니 실제로
고된 작업은 맞았지만 시도 자체는 값어치가 분명했다.

　　그는 대학 때 '환경 마케팅'이라는 수업을 들은 적이 있
다. 환경을 생각하는 기업 활동이 재미있겠다고 생각해서
수강했는데 내용에 크게 실망했다. 기업들은 환경 본질을
생각한다기보다 단순히 환경적인 이미지를 마케팅으로 이

용할 뿐이었다. 그가 제로 웨이스트를 사업으로 풀어보자
는 생각을 더 진지하게 한 그날은 여느 때처럼 귀찮은 발걸
음으로 쓰레기를 버리러 가는 중이었다. 문득 '내가 물건을
사는데 왜 이런 수고스러운 행위까지 같이 사야 하지?' 싶
었다. 경영학을 전공하며 원래도 소비자 권리에 관심이 많
았던 그였기에 고민은 깊어졌다.

1995년 쓰레기 종량제 실시 이후 우리는 전 세계에서
쓰레기를 가장 잘 버리는 나라가 됐다. 그리고 누구에게나
이 분리 배출 과정은 당연한 노동으로 자리매김했다. 그 때
문인지 쓰레기를 대하는 우리 자세는 '잘 버리는 것, 쓰레
기를 줍는 것' 같은 도덕적 수준에 머물러 있다. 그는 쓰레
기들을 찬찬히 살펴봤다. 없어도 될 껍데기에 불과한 것들
이 대부분이었다. '노동을 유발하지 않는 소비는 과연 없
는 걸까?' 그는 제로 웨이스트에서 답을 찾기 시작했다. 당
시 여자친구이자 이제는 아내가 된 홍지선 공동 대표는 든
든한 파트너가 되어줬다. 식수 개발, 위생 계획을 수립하는
NGO에서 근무했던 그녀의 커리어가 곧게 가지를 뻗었다.

딱 1년만 해보자

그는 테스트 마켓부터 오픈해보기로 했다. 그때부터 환경에 관한 책, 쓰레기에 관한 논문 등의 자료를 접하며 공부도 이어갔다. 쓰레기가 재활용되고 있을 거라는 믿음은 처참히 무너졌고 엄청난 양의 쓰레기가 전 세계 곳곳에 쌓이고 있음을 수치로 확인했다. 결론적으로 쓰레기의 양 자체를 줄이지 않으면 환경에 이로운 결괏값을 내기 어려워 보였다. 그럼에도 더 피커는 한 가지 믿음을 갖고 있었다. '모든 사회 문제는 해결될 수 있다.' 이는 더 피커 기업 정관에 명시해놓은 내용이기도 하다.

보통 이런 사회 문제에 개인이 참여할 때는 재단이나 사회적 기업 형태로 접근하는 경우가 흔하다. 하지만 그의 생각은 조금 달랐다. 상업적 소비 문제이기에 일반 기업 형태로 접근하는 것이 맞겠다고 결론지었다. 솔직히 오랫동안 사업을 유지할 생각은 없었고 시작할 때부터 딱 1년만 버텨보자는 마음이었다. 문제를 조명하면 이 사례로 누군가 분명 사활을 걸어 사업이 확산될 것이라 생각했다. 그런데 매장을 연 지 만 5년. 확산에 뛰어든 누군가는 다름 아닌 본인이었다.

물건의 구색을 갖추는 것이 매장의 기본이지만 환경에 영향을 주지 않을 대체 물건을 찾는 건 꽤나 어려운 미션이었다. 포장 없이 가져오는 게 오히려 쉽다고 생각할 수도 있지만 이미 포장 자체가 하나의 시스템으로 자리 잡은 현실에서 이 요구를 받아들이는 업체는 거의 없었다. 믿었던 농가들은 자체 브랜드를 만들면서 소분 포장 기계를 마구 들여온 상태였다. 농가마저 대량 생산을 위한 소분 시스템을 마련한 것이다. 그래서 번외로 30~40kg 정도만 벌크(개별로 포장하지 않고 포대 같은 곳에 넣어 대량으로 파는 상품)로 보내달라는 요청은 무참히 거절당했다. 번거롭고 비용이 더 든다는 게 이유였다. 물론 개인 생활 영역에서 무포장을 실천하는 일도 만만치 않았다. 다회용 그릇을 들고 음식이나 식료품을 포장하러 시장에 들르면 주인들 표정이 하나같이 무거웠다. 심지어 어떤 분은 역정을 내며 소금을 뿌리기도 했다. 5~6년 전 이야기지만 지금 떠올려도 상처 가득한 시간이다.

그는 2016년 1월, 선릉역 근처에서 테스트 매장을 시작
했고 그해 7월 성수동 주택가에 '제로 웨이스트 그로서란
트' 형태 매장을 열었다. 성수동은 당시 지금처럼 개발이
본격적으로 진행되지 않은 오래된 동네였다. 수선집은 들
어와서 차 마시며 기다리라는 메모를 붙여놓고 종종 자리
를 비웠고, 여름이면 어르신들이 문방구 앞에 모여 막걸리
를 마셨다. 그야말로 유대감으로 뭉친 주민들이 마을 공동
체 같은 느낌을 형성한 곳이었다. 서울에서 보기 드문 예스
러운 풍경, 취향 또렷한 신혼부부들은 조금씩 이 동네에 둥
지를 틀기 시작했다. 더 피커는 모두에게 생소한 '제로 웨
이스트 문화'가 성수동에서 어떻게 받아들여질지 무척 궁
금했다.

"의외로 재밌는 반응이 이어졌어요. 아주머니들이 오셔
서는 '어떻게 이런 데 들어와서 장사를 해? 우리라도 얼른
팔아줘야지' 하며 동네 친구들을 끌고 오셨어요. 설명을 잘
해드려도 결국 '그래서 뭐 파는 가게야? 아무거나 줘' 하고

말씀하셨는데, 몇 번 오시더니 '옛날에는 다 이렇게 포장 없이 살았어. 막걸리도 주전자에 받아오고 그랬지' 하시며 향수에 젖으셨어요. 신혼부부들은 금세 제로 웨이스트 문화를 받아들였어요. '해보니 의외로 재밌고 할 만한데?' 하는 반응이었죠."

하나의 지역만으로 확산 속도를 판단하기는 힘들었지만 언론에서도 조금씩 관심을 보였다. 그리고 2018년, 대망의 쓰레기 대란으로 더 피커는 높은 관심을 받았다.

가게 주인보다는 환경 소비 전문가

내 집 앞의 쓰레기가 아무리 기다려도 치워지지 않는 상황, 이 일은 모두가 처음 겪는 불편이었다. 2018년 대도시 서울에서 이런 일이 벌어지기 시작한 이유는 중국이 우리나라 쓰레기 수입을 전면 금지했기 때문이다. 누구보다 열심히 분리수거를 해왔는데, 사실은 이 쓰레기가 순환되지 못하고 수출 정책으로 단순히 자리만 옮겨지고 있었다니 국민들은 충격을 받았다.

송경호 대표는 이 일을 계기로 매장 운영을 넘어 더 적극적으로 행동하기로 했다. 환경부와 각 기업에서 컨설팅 자문 역할을 하며 무엇보다 중요한 건 생산 단계를 바꾸는 일이라고 강조했다. 하지만 기업 입장에서 보면 이미 안정된 시스템을 벗어나는 일은 추가 비용이 드는 비효율적인 행위였다. 게다가 대량으로 생산해 대량으로 팔아야 하는 시스템에서 포장 문제는 또렷한 해결책이 보이지 않는 어려운 숙제와도 같았다.

"현대 소비 시스템은 필요에 의해서가 아니라 대량으로

물건을 미리 생산해놓고 판매를 부추기는 방식으로 이뤄
져요. 지금 환경을 키워드로 잡지 않는 기업은 거의 없죠.
하지만 생산 단계를 바꾸기 위해 근본적으로 고민하는 곳
도 거의 없다는 사실은 그리 희망적이지 않아요."

그가 보기에 어쨌든 기업은 변화하려는 자세를 취하고
있다. 정부 정책이나 소비자에게 외면 받는다면 이는 곧 기
업의 소멸을 의미하기 때문이다. 어쩌면 기업의 이런 태도
를 소비자가 현명히 이용한다면 생산 문제를 해결할 방도
가 눈에 보일지도 모른다. 그러나 너무나 바쁜 사회여서일
까, 소비자는 자신이 쓰레기까지 함께 구입해 처리할 필요
가 없다는 당연한 권리를 인지하지 못한다. 따라서 기업 역
시 대량 생산의 기조를 그대로 유지하며 쓰레기를 줄이려
는 노력보다 썩는 플라스틱이나 비닐 등 신기술이 나오기
만을 기대하고 있다.

"최근에 생분해되는 플라스틱이 등장했죠. 하지만 저희
는 내부적으로 보유하고 있는 제품 기준에 따라 취급하지
않고 있어요. 외견상 자연으로 돌아가는 플라스틱은 반가

운 소식이지만, 자세히 들여다보면 특정 온도와 습도 조건
을 적절히 충족하지 않으면 결국 분해되지 않거든요. 그렇
다는 것은 생분해 플라스틱도 처리를 위한 특정 시설이 필
요하다는 이야기인데, 현재 어떤 곳에서도 해당 처리 시설
을 운영하고 있지 않아요. 결국 똑같은 쓰레기가 된다는 거
죠. 친환경 섬유로 알려진 레이온도 마찬가지예요. 실크를
대체할 소재로 주목받았고 식물성 원료라는 점에서 충분
히 의미가 있지만, 섬유화하는 과정의 가공 방식을 보면 또
고민이 들 수밖에 없죠."

　그는 자신이 선택한 물건이 어떤 가치로 어떻게 생산되
는지에 대해서도 이야기해줬다. 듣고 있자니 그가 단순한
가게 주인이 아님이 분명해졌다. 그에게는 '환경 소비 전문
가'라는 명칭이 잘 어울렸다. 그만큼 그는 물건이 세상에 나
오는 과정을 하나하나 살피고, 생산 단계에도 의견을 제시
하며 가능한 선에서 환경에 해를 입히지 않는 시스템을 찾
아가고 있었다. 이 실험이 곧 주변 문화를 바꾸고 있었다.

　"리처드 세넷의 《장인》이라는 책을 좋아해요. 거기에

'생각하는 손'이라는 개념이 나오는데, 무엇을 만들 때 그것이 사회에 어떠한 영향을 미칠지 생각하고 만들어야 한다는 내용이에요. 세넷은 그런 의미로 보면 현대 사회에는 장인이 없다고 말해요. 저는 생산자들이 이 개념을 염두에 두었으면 좋겠어요. 제가 지속적으로 그들에게 이야기하는 방향도 같습니다."

잘하는 분야에서 제로에 도전하기

만 5년이 된 지금 더 피커는 성수동 헤이그라운드 건물 9층에 자리한다. 이전보다 규모는 줄었지만 콤팩트한 제로 웨이스트 매장 운영 모델을 실험 중이다. 요즘 그가 가장 고민하는 것은 '제로 웨이스트'라는 말이 이미 빠르게 소진된 점이다. 그 좋은 개념이 실제로 어떤 활동이나 주류의 문화로 비춰져 정착하지 못한 채 유행만 타다가 시들어버린 것만 같단다. 행동은 하지 않으면서 개념을 알고 있다는 사실만으로 만족하기도 하고, 더러는 '제로 웨이스트는 곧

제로 웨이스트 숍'이라고 오해한다. 정책가들도 제일 중요한 생산 단계를 바꾸려는 노력보다 제로 웨이스트 숍을 확산하는 쪽으로 방향을 전환하고 있다. 그는 이런 상황에 우려를 표한다.

"하지만 제로 웨이스트 숍의 한계는 명확해요. 환경 문제가 해결되면 역사에나 남을 말이고 사업이죠. 판매할 수 있는 물품도 다양하지 않아요. 식품 위생법, 위생용품법, 화장품법 같은 법 조항의 효력으로 정작 중요한 소모품인 샴푸, 린스, 세제, 화장품 등은 벌크로 취급할 수 없거든요. 용기 낭비 문제가 심각한 소모품 분야라 취급할 수 있으면 좋겠지만, 위생이라는 가치도 포기할 수 없는 중요한 부분이니까요."

요즘 곳곳에 제로 웨이스트 숍이 들어서고 있다. 더 피커보다 훨씬 많은 물품으로 잘 운영하는 곳도 있고, 친환경이 뜨는 키워드라 무작정 사업적으로만 접근했다가 금세 문을 닫은 곳도 있다. 더 피커 프랜차이즈 문의도 끊이지 않는다.

"사실은 제가 더 피커의 문을 열 때 바랐던 건 제로 웨이스트 숍 확산이 아니었어요. 각자 잘하는 분야에서 쓰레기 발생을 최소화하는 환경을 갖추고 함께 문화를 바꿔나가기를 바랐죠. '얼스어스'라는 카페처럼 다회용기 케이크 포장 방법을 제시하며 운영할 수도 있고, 어느 가게에서나 충분히 제로 웨이스트 방법론을 적용할 수 있어요. 그런 곳들은 단골을 대상으로 하기 때문에 더 지속 가능하게 이어갈 수 있죠. 그렇게 해야 생산자들도 근본적으로 환경에 해를 덜 입히면서 쓰레기 줄일 방법을 고민할 수 있을 거라고 생각해요."

어쨌든 포기하지 말 것

그는 요즘 물건을 수리해 재사용하는 법을 배우고 있다. 공구 사용법을 배우고 우드 카빙 기술을 익히며 재생 목재를 깎아 숟가락, 젓가락도 만든다. 이는 더 피커가 나아가고 싶은 새로운 방향성이기도 하다. 물건이 귀했던 옛

날에는 전파사며 수선집이 동네마다 있었고 손바느질 같
은 기술은 기본적으로 모든 가정이 갖추고 있었다. 하지만
요즘은 고치는 것보다 새로 사는 게 더 빠르다. 판매처의
에이에스 정책도 새것으로 교환해주는 선에서 마무리된다.
　"그만큼 모든 자본이 생산에 몰려 있어요. 너무 이상적
이라고 생각할 수 있지만 자본주의와 생태주의의 교집합
은 분명 있을 거예요. 친환경과 재활용이라는 딱지만 붙인
채 물건을 더 많이 생산하기보다 수리와 재사용 쪽으로 자
본을 분배한다면 생산량을 줄이면서도 자본 총량은 유지
할 수 있지 않을까요?"
　아직 가보지 않은 길을 그는 계속 가보고 싶다. 이유는
지속 가능한, 굳이 애쓰지 않고도 친환경적인 선택이 가능
한 삶을 살아보고 싶기 때문이다. 하지만 우리는 삶을 이
어가기 위해 껍데기까지 받아들여야 하는 현실에 갇혀 있
다. 이런 시스템 속에서 친환경이나 제로 웨이스트를 달고
있는 물건은 비쌀 수밖에 없고, 누군가는 이 자체가 또 다
른 차별을 낳는다고 말한다. 그러나 당장 눈앞의 이익이 아

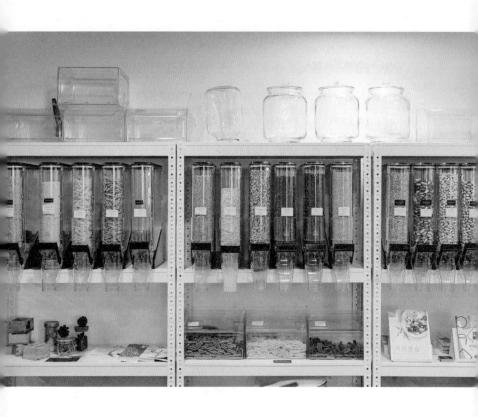

니라 질 좋은 물건, 이후에 수리가 가능한 물건을 선택하는 일은 삶을 더 풍요롭게 한다는 사실을 기억했으면 한다.

"대표적인 제로 웨이스트 실천가이자 《나는 쓰레기 없이 살기로 했다》의 저자 비 존슨은 책에서 기존보다 생활비가 40% 정도 줄었다고 말해요. 그런데 재미있게도 제 주변에 제로 웨이스트 개념을 오랫동안 실천해온 분들 역시 기존 생활비에서 30~40%가 절감됐다고 이야기해요. 좋은 물건을 사니 고장이 나지 않아 당연히 소비 빈도가 줄어드는 거죠. 물건에 대한 만족도도 높으니 물건을 쉽게 바꾸고 싶은 마음도 함께 줄어들어요. 요즘 사람들은 가성비를 따지는 것이 똑똑한 소비라고 생각하죠. 당장은 편리하고 돈이 덜 들 수 있지만 혹시라도 내가 사용하는 게 대부분 일회용품이라면 그 쓰레기로 매립지가 포화되고, 소각하면서 유해물질이 나오고, 미세먼지와 미세플라스틱으로 건강이 악화돼요. 기후변화로 홍수나 장마 같은 자연재해가 일어나고, 일조량이 떨어져 농작물 가격이 올라가서 비싼 돈을 줘야만 식량을 해결할 수 있어요. 이 모든 것들이 일회용을

싸게 쓰는 대신 우리가 장기적으로 지불해야 할 사회 비용
인 거죠."

　그가 가장 두려운 것은 환경 문제가 심각한 줄 알면서
도 변하려 하지 않는 사람들이다. 하지만 선의를 가지고 먹
고살기 위해 이토록 열심인 사람들에게 쓰레기를 줄이려
면 기존 시스템을 거슬러야 한다고, 불편을 감수해야 한다
고 무작정 이야기할 수도 없는 노릇이다. 가장 먼저 바뀌어
야 하는 것은 포장재로 뒤덮인 시스템일지도 모른다. 하지
만 이 시스템은 개인의 노력이 모여야만 움직일 수 있다.
그런 관점에서 송경호 대표는 하나의 희망을 본다.

　"이 가게를 생각보다 오래 지속할 수 있었던 이유는 우
리 모두가 다 연결되었다는 감각 때문이었어요. 제로 웨이
스트가 단순히 쓰레기 문제만 말하는 것 같지만 그 안에는
노동 문제, 여성 문제, 동물 문제 같은 다양한 차별이 숨어
있어요. 결국 환경 문제는 우리가 모두 행복해지기 위해 공
감할 수밖에 없는 부분인 거죠."

　그래서 우리는 제로 웨이스트라는 개념을 각자의 영역

에서 점점 넓혀갈 필요가 있다.

"완벽히 제로가 되지 못했다고 자책하는 분들도 많이 봤고 저도 비슷한 경험을 해왔어요. 하지만 그냥 방향성을 갖고 나아가면 돼요. 좀 실패하면 어때요. 또 하면 되죠."

장바구니를 들고 다니고, 일회용 컵 하나 안 쓴다고 세상이 달라질까. 사실 아무도 모른다. 갑자기 쓰레기를 다 먹어 치우고 찌꺼기를 자연의 원래 자리로 돌려보내는 엄청난 신기술이 등장할 수도 있다. 하지만 그런 달콤한 미래를 기대하기에 지구는 이미 많은 부분을 잃었다. 우리 삶도 조금씩 침전하고 있다. '그럼에도 어쨌든 포기하지 말 것.' 그를 만나고 돌아오는 길, 홀로 다짐을 반복했다. 제로 웨이스트를 지향하는 내 마음에 저 문장을 아로새겨본다.

302   RECYCLE

제로 웨이스트를 실천하기 전, 가져야 할 마음가짐

송경호 대표는 많은 사람들이 친환경적인 소비에 도전할 때 일단 텀블러나 다회용 빨대 같은 물건부터 사고 본다고 말한다. 하지만 이는 또 다른 불필요한 소비를 낳을 수 있다. 음료를 자주 사 먹지 않으면서 다회용 빨대부터 구비해 한 번도 사용하지 않은 채 서랍에 모셔놓은 나처럼 말이다. 이런 불상사를 방지하기 위해 그가 제시하는 방법을 살펴보자.

1. 나의 생활 패턴을 먼저 파악한다

자신의 일상을 면밀히 들여다보면 어디서 가장 많은 쓰레기가 발생하는지 알 수 있다. 너무 바빠서 포장과 배달 음식을 많이 먹는다면 휴일을 이용해 일주일치 끼니를 미리 준비하는 밀프랩(meal-prep)을 해두거나 하루 이틀 쯤은 직접 용기를 들고 나가서 음식을 포장해오는 등 조금씩 다른 시도를 해보자.

2. 오래 쓸 수 있는 물건을 고른다

그때그때 유행을 따르기보다는 내구성에 집중하고, 나중에 폐기할 때 그나마 자연에 해가 덜 가는 물건이 무엇인지 생각한다.

3. 물건과 교감하며, 물건의 입장에서 생각한다

물건 역시 한 번 태어나면 그 역할을 끝까지 해내는 것이 소명이다. 금세 쓰고 버리는 과정에서 쓰레기가 기하급수적으로 늘어난다면 물건을 아끼고 관리해보면 어떨까. 자연스럽게 낭비하는 소비 패턴을 줄일 수 있다.

4. 간단한 수리 방법을 배운다

공구를 사용하거나 바느질을 할 줄 알면 생각보다 고쳐 쓸 수 있는 물건이 많다는 것을 깨닫는다. 궁색하다고 생각하지 말고 내가 고심해서 고른 좋은 물건을 오래도록 사용하고 물건과 쌓은 추억도 잘 지켜나가자.

5. 조금씩 자급자족에 도전해본다

자주 먹는 채소를 직접 키우는 원예, 우드 카빙처럼 자급자족을 돕는 기술 등을 하나씩 늘려보자. 소비에서 자유로울 수 있다는 감각은 우리 삶에 자신감을 심어준다.

우유, 가구가 되다 。

interviewee
이하린, 전은지
(위켄드랩 공동 대표)

내 첫 업사이클링 제품은 중학
교 때 탄생했다. 버리려고 내놓은 언니 청바지 뒷주머니 두
개를 마주 붙이고 바지 맨 밑단을 잘라 손잡이를 다니 귀여
운 주머니가 완성됐다. 한동안 잘 사용했는데 이제는 행방
이 묘연하다. 나는 핸드메이드, 빈티지, 리폼 같이 누군가
의 손을 거친 물건에 자주 혹한다. 어느 지하상가에서 굳이
빈티지 카디건을 골라 사는 내게 엄마는 왜 갖다 버린 물건
을 사느냐고 했다. 그렇게 내 취향을 이해받지 못하는 나날
이 거듭되면서도 나는 포기를 몰랐다. 여행을 떠날 때면 지
금도 어김없이 빈티지 상점, 소규모 핸드메이드 공방 등을
방문 리스트에 끼워 넣는다. 낡은 물건이 오래도록 살아남
아 사람들을 매료하는 이유가 분명 있을 거라고, 정성들여

만든 물건은 뭐가 달라도 다르다는 내 생각은 변하지 않았
다. 기성품이 쏟아지는 요즘 세상에서는 그런 것들이 더 가
치 있게 다가올 때도 있다. 그 희소성 짙은 물건마저 너무
많다는 생각이 들긴 하지만 말이다.

디자인 관련 책을 몇 권 읽고 나서는 지속 가능한 디자
인에 대해서도 관심을 갖게 됐다. 2000년대 후반, 일하면
서 만난 창작자들은 내게 '프라이탁'이라는 브랜드를 알려
줬다. 산업 폐기물인 방수 천과 안전벨트로 만든 이 회사의
제품들은 각기 다른 패턴을 가지고 있다. 가방, 지갑, 명함
지갑 등 품종과 크기도 다양했다. 그때 처음으로 업사이클
링, 우리말로 재활용의 개념을 제대로 이해했다.

업사이클링은 폐기물을 재활용하는 차원을 넘어 디자
인이나 또 다른 가치를 더해 새로운 물건을 만들어내는 것
을 뜻한다. 재료의 오랜 이어짐, 물건에 깃든 역력한 고민
의 흔적과 손길… 그때는 무조건 업사이클링이 좋아 보였
다. 현수막을 활용해 에코백을 만드는 움직임, 자투리 천이
나 폐타이어를 이용해 만든 작품에 관심이 갔고, 어망을 재

활용한 파우치 같은 제품을 구매하며 뿌듯해했다. 그런데 최근 재활용 불가능한 폐플라스틱 수세미를 다 쓴 뒤 쓰레기통에 집어넣으며 이런 생각을 했다. '결국 그 끝은 쓰레기구나.' 물론 폐플라스틱을 이용했기 때문에 지구 자원을 그만큼 덜 사용했을 것이다. 게다가 인간은 끊임없이 새로운 물건을 갈구하는 존재이니 한 번 더 새로운 가치를 부여했다는 것 자체로 절약의 의미는 살아난다. 그렇지만 또 다른 방법은 정말 없을까?

버려진 뒤를 설계하는 디자인

위켄드랩을 만났다. 이태원 부근 오래된 동네, 1층의 작은 작업 공간에서였다. 누군가는 카페라고 짐작해 지나다가 문을 열고 들어왔을 법한 공간이다. 아마도 그 누군가는 공간 왼쪽 벽면을 가득 채운 식물을 보고 작은 화원이라 생각했을지도 모른다. 넓은 테이블을 가로질러 반대편 벽면에는 푸른 촛대와 작은 트레이가 놓여 있고 구석에는 생생한 바닷빛 파란색을 품은 작은 사이드 테이블이 존재감을 드러낸다.

책을 기획한 초반부터 업사이클링 디자이너 이야기는 꼭 하나 넣고 싶었다. 찾으면 찾을수록 우리가 사용하는 물건의 의미를 확장해주는 좋은 작업물이 너무 많았다. 갈피를 잡지 못한 채 머리카락만 부여잡고 있을 때 우연히 친구가 보내준 기사 하나를 읽었다. '버려진 뒤까지 생각하는 디자인'이라는 제목으로 〈디자인정글〉에 실린 기사였다.

단번에 생분해가 가능한 바이오 플라스틱을 이용한 작업을 떠올렸다. 당시 나는 이미 더 피커 송경호 대표를 만나 생분해 플라스틱의 실체를 마주했던 터라 업사이클링 디자인 자체에 약간 회의적인 생각을 가지고 있었다. 그런데 이들의 작업은 뭔가 달랐다. 일단 '음식 폐기물'로 바이오 플라스틱을 개발한다고 했다. 머릿속은 노란 봉투 안에서 지저분하게 뒤섞인 음식물 쓰레기를 연상했지만, 차근차근 읽어보니 산업용으로 쓰고 남은 동식물성 부산물을 이용하는 거였다. 가령 낙농업의 경우 B급 판정을 받은 우

유는 소비자의 식탁에 오르지 못한다. 동물을 먹이는 분유 같은 것들로 만들거나 그것도 아니면 폐기처분한다.

잠시 전은지 대표의 유학 생활 이야기로 거슬러가자. 그는 스위스 유학 생활 내내 혼자 자취하며 매일같이 쓰레기를 마주하고 살았다. 자신이 먹고 버린 음식물 쓰레기를 직접 치우기 시작하자 타격감이 상당했다. 시기적으로는 유럽과 한국 모두 플라스틱 쓰레기를 깊이 우려하던 때였다. 그때 전은지 대표는 디자인 페어 프로그램 일환으로 방문한 스위스의 한 낙농 업체에서 우유 부산물이 대량으로 쌓여 있는 모습을 발견했다. 매일 음식물 쓰레기를 처리하며 '대체 이렇게 버리는 쓰레기가 다 어디로 갈까?' 고민하던 그에게 그 모습은 충격으로 다가왔다.

이하린 대표는 그 시기, 독일에 교환 학생으로 머물고 있었다. 고등학교 때부터 재활용, 분리수거 활동에 앞장섰던 그 역시 혼자 지내며 매일 버리는 쓰레기의 양을 가늠하고 있었다. 쓰레기를 줄이려는 노력도 시작했지만 '디자이너로서 무엇을 할 수 있을까?'를 같이 고민했다. 그래픽 디

자인을 전공한 이하린 대표는 한국으로 돌아와 졸업 작품
전에서 'Piece to Life'라는 주제의 작품을 선보였다. 동물
모양의 쓰레기를 주우면 동물이 나타나는 게임 형식의 작
품으로, 이때 모습을 드러내는 동물은 멸종 위기에 처한 녀
석들이었다.

"멸종 위기 동물을 주제로 택한 건 아주 자연스러운 일
이었어요. 저희 90년대생들은 아주 어릴 때부터 환경을 보
호해야 한다, 멸종 위기 동물을 지켜야 한다는 말을 많이
들으며 자랐으니까요. 인간 때문에 안타까운 일을 겪어 속
상하다는 생각을 늘 하며 지냈던 것 같아요."

두 사람은 한국예술종합학교 디자인과 동기로 만났지
만 전은지 대표는 교환 학생으로 떠난 스위스 루체른응용
과학예술대학교(HSLU) 제품디자인학과에 편입해 졸업했
다. 졸업 작품을 준비해야 할 시점, 우유 부산물의 모습이
계속해서 머릿속에 맴돌았다. 찾아보니 전 세계적으로 하
루 356만 톤, 한국에서는 하루 1만5천 톤의 음식물이 버려
진다고 했다. 이를 활용해 바이오 가스나 바이오 연료 등을

생산하는 움직임도 활발했지만 상당량이 바다로 흘러간다
는 것도 알게 됐다. 그러자 업사이클링은 더 피해갈 수 없
는 선택으로 느껴졌다. 그때부터 그는 음식 폐기물을 활용
할 방법이 없을지 적극적으로 고민했다. 초등학교 시절에
는 녹색연합 활동을 하고 중학교 때부터 식물을 키우는 게
취미였던 그는 그렇지 않아도 지속 가능한 제품을 디자인
하는 직업을 막연히 꿈꾸고 있었다. 물론 그 첫 재료가 음
식 폐기물이 될 줄은 몰랐다. 하지만 어차피 무언가를 쓰고
또 버리며 살아가야 한다면 땅에 버려져도 다시 땅으로 되
돌아갈 재료를 택하고 싶었다.

"플라스틱을 가지고 또 다른 플라스틱을 만드는 일은
제게 크게 의미가 없었어요. 머릿속에 계속 음식물과 플라
스틱이 함께 맴돌기도 했고요. 그렇게 계속 파고들다가 이
폐기물로 디자인의 기본이 되는 플라스틱 대체 소재를 연
구해보면 좋겠다 싶었죠."

과학자 아니에요?

단단하고 가벼운 소재 칩 여러 개를 동시에 쥐자 손에
서 달그락거리는 소리가 났다. 플라스틱인지 도자기인지
나무인지 좀처럼 알 수 없었다. 난생처음 만져보는 소재였
지만 낯설지 않은 좋은 감촉이 전해졌다. 어쨌거나 나는 이
것이 우유로부터, 오리알로부터, 꽃으로부터 왔다는 사실
을 믿기 어려웠다. 이들이 만든 촛대며 트레이, 사이드 테
이블이 너무 예쁜 것을 보면 분명 디자이너가 확실한데, 이
소재는 마치 화공학자가 만든 듯 정교했다. 어떻게 이 소재
를 직접 개발하고 결합해 제품으로 완성했을까 신기하기
만 했다. '뭔가 독한 화학 제품을 쓴 게 틀림없어' 하는 마음
의 소리는 입 밖으로 꺼내지 못했다.

작업실 한 편에는 부패 실험이 진행되고 있었다. 실험
은 과정을 빠르게 볼 수 있도록 타임 랩스라는 영상 기능으
로 기록한다. 부패 실험을 진행하는 투명 아크릴 관에는 흙
에 소재를 파묻은 것 말고는 별다른 장치도 없었다. 부패하
는 냄새가 그리 기분 나쁘지 않게 솔솔 올라왔다. 직접 보

니 버려진 뒤까지 설계한다는 말이 실감났다. "어떻게 이렇게 되죠? 과학자 같아요!"라고 말했다.

"작품 준비뿐 아니라 논문까지 써야 했거든요. 주제를 결정하자마자 거의 반 미쳐서 살았어요. 소재에 대해 공부하고 찾아보고 실험하면서요. 사실 어렸을 때 꿈이 과학자였어요. 과학도 좋고 미술도 좋았는데 제가 수학을 못 했어요. 그래서 미술을 택했지만 간단한 화학식 같은 건 읽을 수 있어요. 그게 도움이 됐죠."

이들 소재가 단단히 결합되어 있는 것은 베이킹소다 같은 첨가물 덕분이다. 이처럼 우리가 일상에서 쉽게 구할 수 있는, 인간과 자연에 비교적 무해한 첨가물이 결합제로 사용된다. 소재를 감싼 은은한 옥빛과 파랑, 머스터드 색도 마치 천연 염색을 한 듯한 자연의 색이다. '반 미쳐서 살았다'는 전은지 대표의 말은 꾸밈이 없었다. 그들의 고민은 소재의 처음부터 끝까지 곳곳에 흔적을 남긴 셈이다.

결합제의 비밀을 알게 되자 또 궁금한 것이 생겼다. 생분해의 조건이었다. 현재 바이오 플라스틱 시장에는 천연물질과 미생물계 물질, 석유 유래 원료 중압 합성 물질, 식물체나 생물 유기체를 총칭하는 바이오매스 물질, 천연 고분자 물질 등을 원료로 한 다양한 제품들이 있다. 크게는 생분해성 플라스틱과 생분해는 되지 않지만 재활용이 가능한 혼합형 바이오 베이스 플라스틱, 두 가지다.

이들은 내구성, 탄소 절감 우수성이 저마다 다르다. 가장 많이 알려진 생분해 플라스틱 PLA(Poly lactic acid)는 옥수수, 사탕수수, 감자 등에서 얻은 전분과 당분으로 만든다. 강도가 높고 PET 플라스틱과 가장 물성이 비슷하지만 변형과 내구성 측면에서 더 발전해야 한다고 평가 받는다. 그러나 아무리 천연 소재로 만들었다 하더라도 한계는 있다. 특정 조건이 갖춰져야 분해될 수 있기 때문이다. 즉, 우리가 쓰고 아무렇게나 버린다면 자연 분해는 불가능하다. 일정한 습도와 온도를 유지해야 해서 별도의 시설이 있어야만 분해가 가능하다. 위켄드랩이 만든 소재가 아무리 버려진 잔재물을 활용했어도 분해 조건이 기존 바이오 플라스틱과 같다면 '버려진 뒤를 설계한다'는 말은 무색해진다.

"그런 오해들을 많이 하시더라고요. 지금은 바이오 플라스틱이 아니라 '생분해성 소재'라고 바꿔 부르기 시작했어요. 저희가 위켄드랩을 열 때 목표는 누구나 편하게 버릴 수 있고, 그것이 얼마 안 있다가 자연 상태에서 쉽게 분해될 수 있는 소재를 만드는 거였거든요."

주말에 시작한 연구소, 위켄드랩

위켄드랩이 사업자를 등록하고 본격 활동을 시작한 것
은 2020년 6월이다. 하지만 이들 연구소는 세상이 코로나
19 국면으로 본격 들어서던 2020년 초반, 화상 채팅으로
처음 문을 열었다. 그 무렵 이하린 대표는 졸업 작품전을
무사히 마친 상태였고, 전은지 대표는 타국에서 홀로 작품
전을 준비하고 있었다. 전은지 대표는 전시 준비의 고단함
을 친구와의 주말 수다로 달래곤 했다. 디자인에 대한 접근
이 비슷했던 둘은 맥주 한 캔을 앞에 두고 화면 너머로 환
경 이야기, 소재 이야기를 나누기 시작했다. 그렇게 누가
먼저랄 것도 없이 둘은 전은지 대표의 작업을 베이스로 더
깊은 대화를 이어갔고 점점 빠져들었다. 아이디어를 공유
하는 것만으로도 충분히 재미있어서 빨리 만나 작업을 하
고 싶었다.

소재에 관한 아이디어는 계속 심층부로 들어갔다. 전
은지 대표가 귀국하기 전까지 약 6개월가량, 두 사람은 매
주 주말마다 화상으로 연구 회의를 열었다. 그래서 그들 브

랜드 이름은 '위켄드랩'이다. 둘은 한국에서 재회하자마자 그간 나눴던 대화를 바탕으로 사업 계획서를 작성했고 첫 실험에 돌입했다. 그 결과물이 이들의 첫 작품, '리코타(RICOTTA) 시리즈'다.

"스위스에서는 은지가 낙농 회사에서 받은 우유 부산물로 처음 작업했고 국내에서는 동네 슈퍼나 식당에서 받은 유통기한 지난 우유를 사용해 실험했어요. 리코타라고 이름을 지은 이유는 초반 과정이 리코타 치즈를 만드는 작업과 비슷해서예요. 이후에 뭉치고 찌고 건조하는 다양한 과정을 거쳐요. 처음에는 작업실이 없어서 집에 모여 실험했어요."

두 디자이너는 작업할 때마다 엄청나게 집중하는 자신을 발견했다. 고양이가 사방으로 뛰어다니고 깊은 새벽이 와도 모를 정도였다. 작업실이 생기고 나서 이들은 커피 찌꺼기, 콩, 옥수수 껍질, 오리알을 생분해성 소재로 만들 방법도 고안했다. 실험 과정에서 실패한 경우는 있었지만 결과적으로는 모두 성공이었다.

그중 오리알 노른자로 작업한 '뮤닛(Münit) 시리즈'는 제약 회사에서 특정 약을 만들 때 오리알의 한 성분만 추출하고 모두 버린다는 사실을 듣고 시작한 작업이다. 한 제약사에서 받은 오리알 폐기물 한 덩이는 컵 받침과 촛대 같은 소품으로 거듭났다.

"작업하고 싶은 원료는 너무나 많아요. 많은 것들이 의미 없이 버려지기 전에 되살리고 싶다는 마음이 들거든요. 하지만 어려움은 있어요. 사업 기획 때부터 기업과 선순환 구조이니 분명 반길 거라고 예상했는데, 실제로는 그렇지 않더라고요. 저희는 디자인 스튜디오고 폐기물 업체로 등록된 것이 아니라서 문제가 생길까 염려해 폐기물을 잘 주지 않는 거죠. 그래서 큰 기업보다 작은 기업과 협업하는 경우가 더 잦아요."

코로나19로 졸업식이 취소되고 꽃이 무더기로 버려지고 있다는 소식을 듣고 이들은 또 가만히 있지 못했다. 꽃을 구해 분쇄하고 엠디에프 목재를 만들 듯 쪄서 압축한 뒤 건조했다. 목재처럼 사용이 가능한 그럴듯한 소재가 완성

됐다. 꽃의 색과 꽃잎 모양이 드러나 아름다웠다. 버려진 것들이 이렇게 아름답고 쓸모 있는 제품으로 재탄생할 수 있다니 가능성 자체로 감동이었다. 한편으로는 '모든 것은 결국 부패한다'는 전제에 이 아름다움이 금세 사라질까봐 두려운 마음이 들었다.

"목재 제품들도 어떻게 관리하느냐에 따라 사용 기한이 다르듯이 저희가 만드는 소재들도 마찬가지예요. 오래 쓰고자 해서 잘 관리하면 그럴 수 있지만 습기를 많이 머금거나 하면 목재처럼 변형이 올 수 있죠. 리코타 시리즈의 경우 고밀도 폴리에틸렌(HDEP)과 비슷한 강도를 지니고 있어요. 나무로 따지면 침엽수 목재랑 비슷하죠."

듣고 보니 그랬다. 솔직히 우유 부산물로 만든 스툴 위에 내가 엉덩이를 붙이고 앉을 날이 올 줄은 상상도 못 했다. 우유는 이들 손을 거쳐 단단한 가구로, 조명으로, 소품으로 다시 태어났다.

한계를 넘어서

이들은 지금 소셜 펀딩을 준비 중이다. 리코타 시리즈를 조금 더 많은 사람들에게 선보이기 위함인데, 모든 것을 두 사람 손으로 만들어야 하는 상황이 녹록치만은 않다. 공장을 찾고 싶어도 이전에 없던 소재라 적합한 환경을 찾을 수도 없다. 게다가 만드는 과정까지 환경에 나쁜 영향을 미치지 않아야 한다. 실제로 이들은 하루에도 몇 번씩 설거지를 하면서도 일회용품을 사용하지 않는다. 남은 재료는 뭉쳐뒀다가 다시 사용해 재료 손실이 없도록 유지한다. 이런 조건을 가능하게 하는 작업 시설을 당장 찾기는 무리인 듯하다. 그래서 이번 펀딩 제품도 하는 수 없이 수작업으로 한정 수량만 선보일 예정이다.

조금 더 완성도를 높이고 싶은 디자이너의 욕심 때문에 그간 생산을 미뤄왔던 것도 인정한다. 하지만 "소재 개발 그만하고 제품을 내달라"고 아우성치는 친구들의 요구에 부응하려고 한다. 또한 변화를 위해서 시작한 일이니 이제 더 많이 모습을 드러낼 때가 됐다.

"소규모의 디자인 스튜디오지만 저희 소재가 시장에 새로운 가능성이 될 수 있다는 면에서 무척 자부심을 느껴요. 둘이서 모든 것을 시도하고 만드느라 고생스럽기도 하고, 부모님들은 아직도 저희가 대체 무슨 작업을 하는지 모르시지만 괜찮아요. 어쨌든 이런 업사이클 움직임이 계속 일상 영역으로 넘어와야 한다고 생각하거든요. 어떤 작업을 하고 있는지 많은 사람들에게 계속해서 설명해야 한다 해도 저희는 한 발 더 나아가고 싶어요."

이제 창업한 지 1년이 채 되지 않은 이들의 작업은 벌써 다양한 매체들의 주목을 받고 있다. 패션 업계의 협업 문의나 기업의 기념품 제작 문의도 많다. 기업들 역시 지속 가능 경영이 가장 큰 이슈로 떠오른 상황이라 위켄드랩의 활동에 관심을 갖는다. 하지만 아직 대량 생산이 불가능한 시스템은 이들에게 한계로 작용한다.

"돈을 버는 대로 기계를 짜보려고 해요. 지금은 시중에 나와 있는 기계를 급한 대로 조금 손 봐서 사용하고 있는데, 작업 과정 단계를 조금씩 줄여나갈 수 있게 시스템을

정비하면 전보다 많은 것들이 가능해질 거예요."

　당장 집안을 둘러봐도 플라스틱 없는 생활용품은 찾기 힘들다. 반대로 말하면 위켄드랩의 소재는 적용 가능한 범위가 넓다는 뜻이기도 하다. 이들이 궁극적으로 바꾸고 싶은 영역은 무엇일지 궁금했다.

　"생소한 소재라 식기 같은 민감한 소재는 아직 이르다고 생각해요. 그래서 소품부터 친근하게 접근하자 싶었죠. 하지만 궁극적으로는 지금 가장 문제가 되고 있는 포장재를 저희 소재로 대체하고 싶어요."

　대화를 마무리하며 이하린 대표는 내게 우유 한 방울에 대한 이야기를 들려줬다. 그가 보여준 화면에는 먼지 같은 점 하나(우유 한 방울)가 있었고, 그 옆으로 보이는 큰 네모 칸 안은 2만 개의 점으로 가득했다. 먼지 같은 그 우유 한 방울을 정화하기 위해 물이 이만큼이나 필요했던 것이다. 우유 정화 과정을 직접 접하니 지구가 더 이상 버틸 수 없다는 사실이 생생히 다가왔다.

　전은지 대표는 '기후위기로 영구 동토가 녹으면 생각지

도 못한 바이러스가 퍼질 것'이라는 학자들의 예측이 유난
히 공포스럽다고 했다. 코로나19의 영향으로 이미 수많은
것들이 바뀌었기 때문일까. 자신이 살아갈 세상에 엄청난
변화가 도래할 것 같다는 직감이 분명하게 느껴진단다. 그
들의 말을 들으며 전 세계 곳곳에서 벌어지는 청소년, 청년
세대의 기후 시위가 떠올랐다. 이들은 지금 디자이너라는
정체성을 갖고 좁은 골목의 작은 스튜디오 안에 있지만, 기
후위기를 돌파하기 위한 행동은 시위 한가운데에 자리한
듯 적극적이다. 밤을 새워가며 치열하게 벌이는 시위, 때로
는 평화롭고 즐겁게 아이디어를 내뿜으며 벌이는 그들의
시위는 잔잔하지만 꽤 강력하다.

위켄드랩에게 영감을 주는 업사이클링 스튜디오 3곳

지속 가능성은 디자인계에서도 큰 화두다. 자신이 만든 물건이 지구를 해하지 않도록 많은 디자인 스튜디오가 각기 다른 방식으로 연구 발전소를 돌리고 있다. 위켄드랩은 자신들과 맥을 같이하는 국내외 다양한 스튜디오의 작업에 영감을 받고 소재와 기계, 매체에 대해 자유롭게 문의하며 생각을 공유한다. 그중 위켄드랩이 인상적이라 꼽는 스튜디오와 작가를 소개한다.

프레셔스 플라스틱 preciousplastic.com
네덜란드에서 디자인 스쿨을 다니던 데이브 하켄스가 2012년 시작한 연구 프로젝트의 일환. 이제는 글로벌 커뮤니티로 자리 잡았다. 오픈 소스로 공개된 도면을 활용하면 플라스틱 가공 기계를 제작할 수 있으며 폐플라스틱 업사이클링 작업도 누구나 쉽게 참여 가능하다. 국내에서도 만나볼 수 있는 프레셔스 플라스틱은 각지에 수거 공간, 머신 숍, 작업 공간을 마련했다. 작은 스튜디오로 시작해 자신들의 비법과 과정을 모두 공유하며 전 세계로 뻗어나갔다는 점에서 많은 영감을 준다.

스튜디오 토마스 베일리 studiothomasvailly.com
이곳 역시 네덜란드를 베이스로 한 디자인 스튜디오다. 위켄드랩처럼 생분해성 소재 등 다양한 소재로 여러 시도를 하며 실험적인 그래픽 작업도 선보인다. 업사이클링에 국한한 작업이라기보다 물질에 대한 경험을 환경에 도움이 되는 방향으로 전환하는 데 목적을 둔다. 전은지 대표가 인상 깊게 본 것은 동굴에 칼슘이 떨어져 종유석이 생기는 과정에서 아이디어를 얻은 작업이다. 이 스튜디오의 실험은 디자이너들의 무한한 호기심을 자극한다.

심다은 작가 @mulgogi.of.pond

한국에서 활동하는 심다은 작가는 2020년 11월 프로젝트 〈실용: 01. 흙〉을 통해 도자 폐기물을 다시 도자기로 만드는 순환 작업을 선보였다. 흔히 사람들은 폐도자기를 금세 흙으로 만들어 재활용할 수 있을 거라고 생각하지만, 이미 유약을 바른 후 고온으로 구운 상태라 쉽게 흙으로 되돌리기는 어렵다. 작가는 실패해 부순 작품이나 교육용으로 구운 뒤 버려진 폐도자기를 일일이 수거한다. 이를 파쇄해 도자 흙을 일정 부분 혼합해 새로운 작품을 만든다. 이를 통해 그가 제안하는 것은 도자 작업 분야의 선순환 구조다. 그래야 지속 가능한 지구에 한 발 더 가까워질 수 있다고 믿기 때문이다.

줄이는 삶을
시작했습니다

펴낸날 초판 1쇄 2021년 4월 30일 | 초판 3쇄 2023년 9월 20일

지은이 전민진

펴낸이 임호준
출판 팀장 정영주
편집 김은정 조유진 김경애
디자인 김지혜 | **마케팅** 길보민 정서진
경영지원 박석호 김하정 유태호 최단비

사진 516 studio 김잔듸
인쇄 (주)상식문화

펴낸곳 비타북스 | **발행처** (주)헬스조선 | **출판등록** 제2-4324호 2006년 1월 12일
주소 서울특별시 중구 세종대로 21길 30 | **전화** (02) 724-7664 | **팩스** (02) 722-9339
인스타그램 @vitabooks_official | **포스트** post.naver.com/vita_books | **블로그** blog.naver.com/vita_books

이 책은 저작권법에 따라 보호를 받는 저작물이므로 무단 전재와 무단 복제를 금지하며,
이 책 내용의 전부 또는 일부를 이용하려면 반드시 저작권자와 (주)헬스조선의 서면 동의를 받아야 합니다.
책값은 뒤표지에 있습니다. 잘못된 책은 서점에서 바꾸어 드립니다.

ISBN 979-11-5846-353-3 03810

비타북스는 독자 여러분의 책에 대한 아이디어와 원고 투고를 기다리고 있습니다.
책 출간을 원하시는 분은 이메일 vbook@chosun.com으로 간단한 개요와 취지, 연락처 등을 보내주세요.

비타북스 는 건강한 몸과 아름다운 삶을 생각하는 (주)헬스조선의 출판 브랜드입니다.